Seita

Paula Picarelli

Seita

O dia em que entrei
para um culto religioso

Copyright © 2023 Paula Picarelli

Seita: o dia em que entrei para um culto religioso © Editora Reformatório

Editor:
Marcelo Nocelli

Revisão:
Natália Souza
Marcelo Nocelli

Imagem da capa:
Pat Cividanes – série Corpo, 2000

Design e editoração eletrônica:
Karina Tenório

Dados Internacionais de Catalogação na Publicação (CIP)
Bibliotecária Juliana Farias Motta CRB7/5880

Picarelli, Paula, 1978-
    Seita: o dia em que entrei para um culto religioso / Paula Picarelli.
    — São Paulo: Reformatório, 2023.
    236 p.: 14x21cm

    ISBN: 978-65-88091-85-2

    1. Ficção brasileira. I. Título: O dia em que entrei para
    um culto religioso.

P739s   CDD B869.3

Índice para catálogo sistemático:
1. Ficção brasileira

Todos os direitos desta edição reservados à:

Editora Reformatório
www.reformatorio.com.br

*Para aqueles que confundiram os desvios
com o caminho e amaram delírios.*

Os personagens e as situações presentes nesta obra só existem como ficção, não se referindo ou formulando opiniões sobre pessoas e fatos reais.

*Seria surpreendentemente razoável propor
que grande parte da cultura é alucinação, e que
todo o propósito e função do ritual parecem ser o
desejo de um grupo de alucinar a realidade.*
Weston La Barre, *O mundo assombrado pelos demônios*

*Memórias são apenas mitos de
redenção em letras minúsculas.*
David Carr, *A noite da arma*

*Para quem está com um martelo
na mão, tudo é prego.*
Dito popular

ESTOU NUMA SALINHA onde todos os móveis são marrons. Aguardo entrar em cena, sei que a espera é longa, pode durar duas ou três horas. Eu já havia enviado anjos para rodearem o diretor, como Alma havia me ensinado. Meditava todas as manhãs, no quarto de hotel, onde pendurava panos indianos nas janelas para me sentir mais em casa. Acendia incensos no altar, um pequeno relicário de madeira com as imagens de Jesus, Maria e José. Também havia comprado um Santo Antônio em pedra-sabão, além de um vaso de flores, girassóis, para seguir o conselho que Helena tinha me dado numa noite de terror, pelo telefone: "Se estiver muito mal, sentindo muito medo, fique perto das plantas". Eu tinha cristais nos bolsos, que, segundo Alma, me dariam mais energia.

Antes de ir para a emissora, precisei passar na farmácia, que ficava no quarteirão ao lado. Mesmo no quarto, eu sabia que precisaria andar pelo quarteirão inteiro do hotel e atravessar a rua. Nesse trajeto, passaria por pelo menos quinze pessoas. Delas, pelo menos seis falariam comigo, ou gritariam algo sobre mim, a distância. Já dentro da farmácia, haveria umas dez pessoas, entre atendentes e clientes. Delas, pelo menos quatro falariam comigo, mas com certeza

SEITA 9

todas olhariam para mim. Eu pediria vitamina C efervescente e um antigripal qualquer.

A moça do caixa faria algum comentário sobre a novela. Eu sorriria. Na volta, se encontrasse um aglomerado de adolescentes, eu mudaria de calçada e apertaria o passo. Com sorte, estaria de volta ao hotel em quinze minutos.

Enviei anjos para proteger todo o caminho, o quarteirão com vidraças espelhadas, a farmácia, o balcão de atendimento, o caixa, o farol, a faixa de pedestres, o outro lado da calçada, o muro de tapumes, a entrada do hotel, o hall, o elevador, o corredor e a porta do quarto. E saí.

Na volta, já na porta do quarto, me dei conta de que esqueci o cartão-chave do lado de dentro e tive que ir até a recepção sem proteção. Tentei fazer tudo o mais rápido possível e quando voltei ao quarto estava tão cansada que pensei em dormir no carro que me levaria ao estúdio. Enviei um anjo pedindo que o motorista não me contasse sobre o quanto sua vida está difícil e não me pedisse dinheiro novamente.

Mas nada me faz sentir bem aqui, nessa salinha marrom, carpete marrom, sofás marrons, paredes beges. Tento parecer leve e segura. Aperto os cristais no meu bolso e nada. Devem ter se descarregado; quando voltar ao hotel, vou colocá-los na tigela com água e sal grosso. Não tem plantas por aqui, nenhum vaso. Penso num hino sagrado e o entoo na minha cabeça: "Minha alma é pequena semente/ vem brotar no meu coração/ com flores cheias de alegria/ quem semeia amor vai colher o eterno perdão/ O amor que invade a minha alma/ é minha eterna proteção/ meu Pai que me olha das nuvens/ me proteja dessa solidão".

Do lado de fora, os outros atores estão jogando baralho e falando de seus planos, o pior assunto do mundo para quem está se sentindo insegura e ansiosa. Minha garganta está apertada. Tento segurar o choro debaixo de um sorriso sereno. Pego minha bolsa e vou até o banheiro.

Entro no boxe e abro a garrafa com ayahuasca que Alma me deu. Tomo uma colher. "Tome somente uma colher", sua voz ecoa na minha cabeça, como um flashback numa novela mexicana. Tomo mais uma, e mais outra.

Quarenta minutos depois, ouço meu nome, me chamam para a gravação. Estou completamente pegada e penso, agora como o narrador de um filme de terror trash: "Estou em transe e vou passar mal em rede nacional".

Umidade

Eu devia ter oito anos quando minha mãe me levou com ela na manicure.

— Pode cortar e lixar quadrado e pode tirar as pelezinhas dos cantos, senão vai tudo pra boca — disse ela para a mulher esguia e simpática, me acomodando numa cadeira com um estofado de couro que grudava nas minhas pernas suadas.

Eu queria passar esmalte vermelho; naquela época ainda era um acontecimento esmaltes vermelhos e cabelos curtos. Mas minha mãe achava que não era a hora e me contentei com um rosa clarinho, transparente.

Eu me comportei direitinho (até hoje abuso dos diminutivos, apesar da recomendação de minha mãe ao ler meus textos de escola), fiquei bem quietinha e tentei relaxar as mãos como a manicure pediu. Fiquei parada mesmo quando ela cortou a cutícula um pouco fundo demais. Vi uma gota de sangue aparecer e ela ficar nervosa e pedir desculpas. Eu ri do jeito como ela se atrapalhou ao pegar um pedaço de algodão, derrubando esmaltes de cinco tons diferentes de vermelho que estavam em cima de uma bandejinha. Meu riso fez a mulher rir, sacudindo o corpo enorme que não parava de subir quando ela se levantou. Ela me levou até minha mãe e disse:

— Me sinto tão bem agora. Antes de começar a fazer as unhas da sua filha, eu não estava bem, estava triste. Agora me sinto leve. Espero não ter passado nada para ela, mas a senhora fique de olho. É uma menina especial.

A mulher era mais velha do que minha mãe e me chamou a atenção aquele "senhora". Naquele dia, uma ideia entrou na minha cabeça e ficou escondida ali: eu havia entendido que existiam coisas invisíveis dentro da gente, que essas coisas transitavam de dentro da gente pra dentro de outras pessoas e vice-versa e que podiam nos fazer bem ou mal. Olho pra essa ideiazinha hoje, dois grandes olhos sobre um pequeno ser acuado: "Oi, sua danada. Você já me atormentou demais. Vamos sair daí agora?". De mãos dadas saem dali a ideiazinha e outra ideia, maior, mais escura e peluda: a de que eu tinha alguma coisa muito ruim dentro de mim e podia fazer mal aos outros apenas com a minha presença.

Aquela primeira ideia me acompanhou por uns bons trinta anos. Hoje eu sou como aquelas máquinas de pescar brinquedos. Vasculho a tranqueira que acumulei, detecto uma crença inútil, venho com a garra de ferro e arranco a sacana, como quem desfaz um relicário de pesadelos. Sempre me assusta pensar na quantidade de coisas que estão aqui dentro, quietas, sorrateiras, imperceptíveis, como a umidade, mofando minha alegria por dentro.

Não sei de onde minha mãe tirou a ideia de decorar o salão na entrada de casa com quadros de caça e pratos com o mesmo tema. Passei anos olhando aqueles desenhos, homens vestindo calças coladas, cachorros cinzentos com focinhos em formato de setas, coelhos e veados em fuga. Um dia, perguntei, e ela disse:

— Comprei do Chan.

Chan era um chinês que aparecia lá em casa uma vez por ano. Vinham parentes do interior comprar os artigos que ele trazia não se sabia como nem de onde. Ele chegava com mil sacolas e chamava, a mim e a minha irmã, de primeira Papá e segunda Papá. Papá de Paula, meu nome, a irmã mais velha.

Talvez minha mãe buscasse elegância ou aconchego, mas havia uma ironia bem-humorada naquelas escolhas. Numa outra parede, ela tinha pendurado uma coleção de pratos trazidos de várias viagens. De Varsóvia a Campos do Jordão. No salão, havia ainda um jogo de sofás em frente a uma lareira, uma mesa redonda de jogos, outra mesa de madeira pesadona, de oito lugares, e uma mesinha de canto onde ficava uma Bíblia. Nosso cachorro escolheu bem ali para fazer xixi. Ninguém conseguia ensiná-lo a mijar em outro canto. Minha mãe gritava: "É um excomungado!".

Alguns anos depois de eu ter saído da casa no Morumbi, com as duas filhas emancipadas, meus pais se mudaram para um apartamento. Foi quando tiramos o relógio grande e antigo que sempre estivera pendurado na parede em cima da lareira, cenário para as histórias de fantasmas que eu criava com as minhas bonecas. O relógio era de plástico.

SEITA 15

Minha mãe tinha nove irmãos. Ela nos dizia para jamais a homenagearmos dando seu nome aos nossos filhos e contava do azar que tivera por seu pai ter escolhido o nome das filhas mulheres. Os homens, cujos nomes foram escolhidos por minha avó, haviam tido mais sorte: Miguel, João, José, Lucas e Antônio. As mulheres: Jamime, Diná, Driele, Abgail e ela, minha mãe, Ionice. Todos nomes bíblicos. Ione, como a chamávamos, era professora de português e me explicava que não era bonito repetir uma palavra quatro vezes em cinco linhas.

Ela sempre lembrava como seu pai soubera disfarçar as dificuldades, de modo que ela nunca se sentira pobre. Meu avô, que não cheguei a conhecer, era um farmacêutico respeitado pela sociedade de Sorocaba, e por isso a família morava de favor numa casa cujo terreno ocupava um quarteirão. Todos os anos, as crianças pediam bicicletas de presente, e todos os anos ele inventava que as bicicletas tinham ficado presas no navio que as traria da Itália.

Eu gostava de ouvir minha mãe contar como tinha vindo sozinha para São Paulo, trabalhado para pagar as próprias contas, cursado letras a pedido de seu pai no leito de morte e encontrado na gramática a matemática que tanto amava. Ela fumava e sabia dirigir e tinha dado um ultimato ao meu pai: "Ou a gente casa ou para de brincadeira". Meu pai devia ser mesmo um partidão. Vinha de uma família tradicional, tinha dois cursos superiores, trabalhava num banco onde tinha começado como contínuo e se aposentaria como um dos presidentes. Era herdeiro de um baronete, um título de nobreza muito baixo, acima só

16 PAULA PICARELLI

dos títulos de cavaleiro e de escudeiro, mas ainda assim um título de nobreza. Minha mãe às vezes tirava sarro do nome dele, Pedro Augusto.

Fiquei muito admirada quando aquela mulher independente e moderna se transformou numa vovó que passava o dia bebendo, fazendo crochê e assistindo a programas femininos na televisão.

Por que algumas memórias insistem em retornar, irritantes como crianças pedindo atenção? Se eu pudesse perguntar a ela hoje, talvez minha mãe não se lembrasse do dia em que foi me buscar na escola e eu abri a porta do carro e lhe disse: "Oi, sua desgraçada". Eu tinha aprendido aquela palavra e fiquei deslumbrada com o poder de provocar um olhar que até então eu desconhecia em dona Ione. Um olhar de decepção. Eu pedi desculpas, mas não foi o suficiente. Meu prazer era perceptível? Era o que eu lhe perguntaria hoje, se ela estivesse viva.

Minha mãe era rigorosa na costura. Ela se orgulhava de mostrar o avesso dos tecidos quando era impossível distinguir o lado de dentro do de fora pelo capricho do acabamento. Ela me dizia para escrever tudo de uma vez, de qualquer jeito, sem pensar muito, e depois ii corrigindo. Alma me disse que é possível corrigir o passado. Visualizando um acontecimento, você pode trazê-lo de volta e modificá-lo em sua mente, pode apagar erros, pode reagir naqueles momentos em que você não se conforma por ter ficado parada, opaca, sem ação, e pode gritar a raiva que ficou emperrada na sua garganta. Eu escrevi tudo de uma só vez, e agora tento acertar como se obedecesse à voz de minha mãe, gritando: "Pelo amor de Deus, decida-se pelos tempos verbais!". Eu não me decido. Certas lembranças vão para o papel e se descolam de mim a ponto de não reconhecer que eu mesma as escrevi. Outras continuam ecoando, continuam existindo, eu as vejo novamente, neste momento, enquanto escrevo, elas estão acontecendo. Posso usar o passado para o que escapou e usar o presente no que permanece. Ou empurrar o que quero esquecer pro passado e trazer de volta, Alma, o que se perdeu?

Uma vez, acordei de manhã e minha mãe estava dormindo no sofá. Perguntei se ela e meu pai tinham brigado. Minha mãe riu e concluiu que eu estava vendo novelas demais. Meu pai estava no hospital, com pedras no rim. Posso dizer que minha irmã e eu, crianças na década de 1980, somos sobreviventes. Passamos a infância assistindo, sem nenhuma restrição, aos programas das apresentadoras de shortinhos. Eu passava leite para clarear os cabelos, sonhava com músicas de qualidade duvidosa e amava a novela da prostituta que andava nua em cima de um cavalo branco, especialmente aquele capítulo em que ela recebia uma caixa cheia de merda das beatas da cidade e lhes devolvia um buquê de flores maravilhosas com um bilhete dizendo "cada um dá o que tem".

Juliana, a segunda Papá, formou-se em biomedicina, escolha que surpreendeu a todos nós, que tínhamos certeza de que ela seria veterinária. Juliana adorava cachorros e insistia para nossos pais lhe comprarem um. Mas minha mãe não gostava de animais, um trauma por ter metido a mão no cesto de costura de minha avó, quando menina, e puxado para fora uma aranha peludinha que se mexia entre seus dedos. Ela resistiu até que Juliana, com uns nove anos, começou a agir como um cachorro. Andava de quatro, se sentava sobre as pernas para descansar, com os braços imitando patas, botava o prato de comida no chão e comia igual ao bicho. Dona Ione acabou se rendendo e arrumou um vira-lata, que chamávamos de Gasparzinho.

Como muitas famílias católicas, a gente só ia à missa uma vez por ano, no Natal, fora casamentos e velórios. Minha mãe tinha uma Bíblia, uma edição com imagens bonitas que eu usava algumas vezes como oráculo. Eu me concentrava, fechava os olhos, abria numa página e lia uma mensagem de Deus para aquele meu dia. Tinha afeição principalmente por Santo Antônio, porque faço aniversário em doze de junho, Dia dos Namorados, data anterior ao dia do santo casamenteiro. Eu rezava muito, desde criança, todas as noites. Minha nossa, como rezei! Rezava pedindo aos anjos proteção para mim, meus pais, minha irmã e minha tia, rezava para ir bem na prova do dia seguinte e para ganhar a banheira da Barbie na Porta da Esperança do programa do Sílvio Santos.

E as simpatias. Gostávamos muito de simpatias. Esconder um ovo na varanda para Santa Clara trazer dias de sol nas férias; melecar os pés em folhas pegajosas de babosa para curar bronquite; botar uma vassoura atrás da porta para espantar visitas inoportunas; nunca quebrar espelhos e nunca deixar os sapatos virados de cabeça para baixo, se-

SEITA 19

não morria a mãe. Para saber quem gostava de cada uma de nós, a gente escrevia o nome dos meninos em papéis brancos (naquela época, meninas gostarem de meninas não era cogitado, isso nem passava pela nossa cabeça), dobrava-os e colocava-os numa bacia com água. O primeiro papelzinho a abrir traria o nome do amor da sua vida. O "amor da sua vida" era inclusive um dos nossos temas favoritos. Conhecíamos vários jogos de baralho para saber se os meninos de quem a gente gostava também gostavam da gente. E leituras de sorte com as placas dos carros. Quando apareciam placas de carros de outras cidades, a gente somava os números e tirava nove. O resultado era associado às letras do alfabeto: um correspondia à letra "a", dois à "b", três à "c" etc. Cada letra tinha um significado: "a", "ama-te loucamente"; "b", "breve será pedida"; "c", "ciúme de ti sente teu amor"; "d", "distante de ti está teu amor" e assim por diante. A letra que eu mais gostava era "h", "há satisfação de se realizar", e a que eu mais temia era "r", "riram de ti".

Fui batizada pelo tio Tonico, o caçula dos nove irmãos de minha mãe. Ele era padre franciscano, e eu achava isso o máximo.

Ele só tinha um par de sandálias, duas cuecas, duas calças e duas camisas, mais nada. Minha mãe não escondia sua predileção pelo irmão mais novo e o visitava com frequência nos diferentes endereços onde os acampamentos franciscanos se instalavam. Ela lhe dava roupas, e, no dia seguinte, ele já tinha sumido com tudo. No meu aniversário de dez anos, tio Tonico me deu uma máquina de escrever Remington, que não funciona mais e que hoje é objeto de cena de um espetáculo que se passa num jardim. A gente dizia que tio Tonico tinha sete vidas. Ele tinha sido internado várias vezes em estado grave, e eu sempre rezava para ele melhorar. Eu pedia aos anjos para darem a ele um pouco da minha saúde, que para mim seria fácil recuperar. Na última vez em que ele foi para o hospital, rezei para que acontecesse o que fosse melhor. E ele morreu.

"Senhor Deus, que hoje seja um dia bom, que eu converse tranquilamente com as pessoas, que eu saiba escolher as melhores palavras, que ninguém puxe minha cadeira antes de eu me sentar." Numa das minhas orações mais recorrentes, eu pedia para deixar de ser tão tímida. Em casa, eu era falante, mas na escola era um sufoco. Eu ensaiava como interagir com os amiguinhos, decorava conversas e não perdia *Os trapalhões*, aos domingos, para não ficar sem assunto. O mundo de uma criança tímida pode parecer quieto e calmo do lado de fora, mas é barulhento e cheio de vozes de comando do lado de dentro. *Fala alguma coisa, fala alguma coisa divertida, fala alguma coisa inteligente.* O lado de fora e o lado de dentro nunca estavam de acordo, um tentava disfarçar o outro, e o resultado era quase sempre desastroso. Na maioria das vezes, as meninas me achavam muito séria, e os meninos, metida.

Meu primeiro papel foi o de Nossa Senhora num auto de Natal que minha mãe inventou com uma tia em Sorocaba. Eu amei o figurino, um vestido de cetim azul-turquesa e um véu branco preso por uma corda de sisal (saudades de ser criança e amar uma coisa boba com tanta intensidade).

SEITA 21

Naquela época, eu ainda achava legal ser certinha — foi só aos doze anos que percebi que as CDFS não eram muito apreciadas e comecei a ir mal na escola de propósito — e executei direitinho todas as marcas. Eu me lembro de me sentir confortável sob o olhar daquela plateia de tios, primos, avós e padrinhos, mas gostei ainda mais dos "parabéns" e "que belezinha". E de perceber que provocava um tico de inveja nas primas da mesma idade.

Depois disso, veio a moda da primeira comunhão. Todos os primos do interior estavam estudando e acabei entrando para o grupo numa das férias de julho. A freira que nos dava aula se chamava dona Ada, e nós brincávamos com seu nome quando estudávamos sozinhos: "DonAda, Deus fez o mundo, Deus fez o mundo, donAda". Aprendi que era importante fazer o sinal da cruz sempre que passava na frente de uma igreja, por respeito. A gente tinha que memorizar o pai-nosso, a ave-maria, o salve-rainha, o credo, os dez mandamentos e a história de Jesus, que vinham num livro pequeno, chamado *Amigos com Cristo* (que hoje eu chamaria de "Cristo e outros amigos imaginários"): "Jesus, Você é como o ar: a gente não vê, mas está presente; e, se por acaso vier a faltar, a gente não aguenta e morre. Assim é Você na vida da gente".

Sempre que penso naquela época eu me lembro de uma sinopse da Bíblia que li no livro *A velha*, da escritora Barbara G. Walker:

Um Deus que condenou toda a humanidade à tortura eterna pelo pecado de buscar o conhecimento, depois mudou de ideia e resolveu perdoar alguns pecadores, desde que comessem a carne e bebessem o sangue de seu Filho, que também era o Pai Divino em forma humana, enviado à Terra com o objetivo expresso de ser sacrificado a si mesmo; um Pai supostamente amoroso que decretou o assassinato horrível de seu Filho e depois puniu aqueles que executaram sua ordem. Esse Pai sedento de sangue que mata o próprio Filho ou a si mesmo; que era um, mas também três; que declarava querer o bem, mas criou o mal; que dizia amar seus filhos mortais enquanto preparava para eles um inferno inacreditavelmente sádico; que dispôs todas as coisas de antemão e, apesar disso, atribuía aos seres humanos toda a culpa pelos erros que sabia que cometeriam, que falava de amor e governava pelo terror.

Mas é claro que estávamos longe de ter acesso a esse tipo de pensamento. Minha primeira desconfiança em relação à Igreja Católica apareceu quando dona Ada nos disse que para tudo a gente podia rezar e pedir a Deus, que naquele mesmo dia ela tinha feito uma prece e havia aparecido dinheiro no bolso da sua saia. E que, da mesma forma, muitas vezes aparecia comida em sua despensa, por milagre.

No dia da confissão, o padre me perguntou se eu tinha pecado contra a castidade. Eu não sabia o que era isso e, por via das dúvidas, respondi que sim. Eu tinha dez anos. Todas as crianças rezaram uma ave-maria apenas, e eu não entendi por que tive que rezar dez ave-marias e dez pais-nossos.

Minha decepção definitiva com o catolicismo (mas ainda não com Deus, o cristianismo e o mundo espiritual) aconteceu na cerimônia da primeira comunhão, quando o padre disse:

"Agora nós vamos recolher as doações. Nossa igreja está precisando de reformas, então, se for para doar um real, é melhor não doar nada".

Se o catolicismo foi um grande filtro das minhas experiências infantis, ele também foi a porta de entrada para presenças invisíveis do mundo oculto que me acompanharam por toda a adolescência.

Numa noite, quando eu estava naquele estado entre o sono e a vigília, uma sombra veio na minha direção. Eu via o quarto, minha cama, e não conseguia me mexer. A sombra me pegou pelo quadril e disse: "Vou fazer com você o que nem seu namorado faz". Fiz muita força para acordar e comecei a chorar muito, de soluçar. Juliana, que dormia na cama ao lado, ficou assustada, mas minha mãe não deu muita atenção ao assunto. No dia seguinte, na escola, me falaram para procurar um professor que era espírita. Ele me disse que eu tinha um tipo de mediunidade especial, porque podia ver, ouvir e sentir o toque de espíritos, e que eu tinha tido sorte ao conseguir acordar, porque havia casos de estupros que ocorriam daquela maneira.

"Isso é real? Isso não é real. Isso não é real", é o que repete desesperadamente a primeira mocinha a morrer nas garras afiadas de Freddy Krueger em *A hora do pesadelo*. No filme, Freddy entra nos sonhos de adolescentes molestados por ele durante a infância. Ao se lembrarem dos tempos de criança, os jovens abrem uma passagem para o assassino, e ele se infiltra na mente deles enquanto dormem. Dentro dos sonhos, ele pode matar de verdade. Apenas levando o assassino para o plano real poderão detê-lo. Naquele dia, fui tomar um passe num centro espírita, uma religião crua, sem poesia, à luz fria.

À noite, me deitei e dormi no meio do vigésimo segundo pai-nosso.

Quando saí de casa e fui morar no apartamento que meu pai comprou para mim no bairro do Sumaré, minha mãe fez almofadas para a sala que ainda não tinha sofá e meu pai continuou pagando as contas do meu celular e meu plano de saúde. Um dia, tive que lhe dizer que se continuasse pagando minhas multas de trânsito, eu nunca aprenderia a me responsabilizar por elas.

Imagino o que passou na cabeça dele, anos depois, enquanto me olhava em silêncio e eu dizia que tinha entrado para um grupo espiritual, sabendo que não adiantaria tentar me impedir. Ele estava habituado àquele meu jeito de ignorar suas ordens: na hora, eu ria e aceitava, mas, assim que virava as costas, fazia o que eu queria. Meu pai me olhando enquanto digo que faço parte de um grupo ayahuasqueiro, voltado à criatividade e à expansão da consciência. Ele pensando por que uma menina que não tinha sofrido grandes traumas, que não passara por nada mais dramático que lidar com o nascimento de uma irmã e perder o posto de filha única loira, tinha ido parar numa história daquelas. Eu sempre tive tudo, todas as bonecas Barbie e casas da Barbie e carros, piscinas, até a loja de

SEITA 25

chapéus da Barbie. Era boa aluna, namorava um rapaz que meu pai achava responsável. Problema para mim era sofrer por descobrir que nem sempre a pessoa de quem você gosta está a fim de você. As brigas com os primos nas férias em Sorocaba eram apenas diversão. Achei graça quando um tio, muito sutilmente, me tocou quando fiquei mocinha. Depois de um abraço, ele afastou as mãos das minhas costas pela frente e fingiu esbarrar sem querer nos meus peitos, técnica usada infinitas vezes pelos primeiros meninos que beijei, mas algo que nunca tinha acontecido com alguém quarenta anos mais velho.

Se meu pai não tivesse cedido ao meu choro e não tivesse ido do Morumbi a Osasco, no meio da noite, para pegar um caderno da escola que eu tinha esquecido na casa de uma amiga, se ele tivesse me ensinado que eu podia errar, que não tinha problema em não fazer a lição de casa de vez em quando, talvez eu não tivesse me tornado tão obediente. Se minha mãe tivesse me deixado fazer parte do grupo de adolescentes de uma igreja quando uma coleguinha de escola me convidou, talvez eu tivesse descoberto a farsa antes e não viesse a jogar fora oito anos da minha juventude. Se meus professores tivessem percebido que eu não pensava, que era boa aluna só porque tinha facilidade em decorar as matérias, talvez eu tivesse aprendido a discernir o certo e o errado em vez de apenas aceitar narrativas absurdas como verdades absolutas. Se eu não tivesse tido uma vida boa, talvez pudesse culpá-los, culpar a todos à minha volta, e me esquivar da responsabilidade das minhas escolhas ruins.

Mundo da lua

A Paulinha que entrou para o Portal da Divina Luz aos vinte e dois anos nunca quis fazer a Julieta. Sempre foi a loirinha, bonitinha, meiguinha, mas nunca se identificou com esses "inhas". Sempre achei as cantoras ou atrizes que eram "inhas" muito chat*inhas*. Adoro a personagem Ana Clara, do livro *As meninas*, da Lygia Fagundes Telles (adoro dizer "da" Lygia Fagundes Telles, como se ela fosse minha amiga). Acho a coisa mais bonita do mundo a imagem-síntese de Ana Clara: uma flor sustentada por um arame. Uma pessoa cheia de desejos, delírios, mas que não consegue agir. Imagino que seu corpo é todo ossos. Não sei o que as pessoas que não são atores pensariam dessa última frase. Às vezes, me esqueço de que nós, atores, temos todo um vocabulário próprio. O pôr do sol que entra pela janela trazendo o cheiro do mar de Boraceia agora também é a coisa mais bonita do mundo, laranja, roxo, riscado com poucas nuvens brancas. Estou tremendo, pensando que sou Ana Clara, ou Ana Turva, como as amigas a chamam, me equilibrando em ossos feitos de gelo, quebradiços. Meus amigos riem de mim, e eu não ligo. Ossos e porra. Imagino, ao lado de sua cama, a caixa de lenços de papel que ela usa depois do sexo. Imagino seu corpo gelado durante o sexo. Se eu fosse fazer a Ana Turva, gostaria de colocar uma dentadura para piorar os dentes. Seus dentes devem ser bem amarelos. Eu amo tomar drogas e pirar em personagens. Agora sou a senhora Tallis, de *Reparação*, do Ian McEwan, e me movimento muito lentamente. Sou toda água. Meus olhos lambem tudo o que veem. Equilibro o cérebro dentro da cabeça. Nas crises de enxaqueca, entro num estado de consciência tentacular e, mesmo imóvel, posso ouvir através das paredes a casa, a rua, os prédios, os aviões, os astronautas. Nunca gostei das "inhas", gosto das esdrúxulas. Poderia fazer um doutorado sobre personagens esdrúxulas na cena contemporânea. Esdrúxulo, extravagante, extraordinário, fora do comum. Que paúra da vida comezinha. Adoro dizer comezinha, comezinha, comezinha. Amo quando tomo ácido e a vergonha passa e todas as coisas são as coisas mais bonitas do mundo. Agora sou uma cadeira. Eu me transformei na cadeira e estou dizendo para meus amigos da faculdade de artes cênicas (menos a Carla, que está lavando a louça obsessivamente): "Olá, eu sou Paula, sua amiga cadeira". Agora eu sou a alucinação de Richard, do livro *As horas*, do Michael Cunningham. Agora sou o torturador de voz aguda de *A festa do bode*, do Vargas Llosa, e posso arrancar seus dentes, um por um, com toda essa minha doçur*inha*. Chamo meu namorado de "coelho", como Ana Clara chama seu namorado. Adoro fazer sexo louca de ácido, quando meu corpo é o pôr do sol. Eu sou o pôr do sol.

Eu te amo, coelho. Hoje é o dia mundial das coisas mais bonitas do mundo.

— Me deixa ir com você, coelho.

— Nada disso. Não sei o que é isso direito. Vou primeiro e depois te conto.

Eu beliscava a boca com os dentes. O lado de dentro da minha boca é cheio de pequenos machucados. Parei de fumar e parei de roer as unhas, mas não consigo perder essa mania que tenho quando estou ansiosa, que é mais ou menos todo o tempo que passo acordada.

Gustavo, meu namorado, era *videomaker* e quinze anos mais velho do que eu. Todo mundo dizia que ele tinha um gênio difícil, personalidade forte. A gente se conheceu quando ele foi gravar um espetáculo que eu fazia, uma versão curta da peça *Entre quatro paredes*, do Sartre. Três atores dentro de um cubo gigante de celofane, que, sob a luz, criava um efeito de transparência azul. O inferno, além dos outros, era Richard Clayderman tocando baixinho, ao fundo, constantemente. Executávamos uma partitura de movimentos muito precisa e, para encerrar, dançávamos freneticamente "Breathe", de The Prodigy, que tinha acabado de aparecer. No final da apresentação, Gustavo veio me cumprimentar e gaguejou meu nome. Pa-Paula. Aquele cara durão gaguejando na minha frente... Eu me apaixono na hora.

A gente se dava muito bem, apesar dos ciúmes que ele tinha, e na primeira vez que a gente transa, eu choro de emoção. Ele me mostrou os filmes do Herzog, os livros do Cortázar, o som de Benjamim Taubkin e o doce de damasco do Jaber. Ele me mostrou também como fazer um sanduíche vegetariano no McDonald's: você pede dois cheeseburgers sem carne e bota um dentro do outro. Era um cara intenso, filho de espanhóis. Tinha perdido a mãe de uma forma trágica. Ele, que ainda nem tinha carta, pegou o carro e a levou para o hospital no meio de uma crise de bronquite, mas o atendimento demorou e ela morreu, sem ar, nos seus braços.

Nessa noite, Gustavo ia tomar ayahuasca no Portal da Divina Luz pela primeira vez.

Eu tinha uns seis anos quando usei drogas pela primeira vez. Molhei o dedo no *birinight* da minha tia, que, descobri recentemente, era feito de pinga com Cinzano. Isso era uma coisa que a gente fazia muito naquela época, era normal as crianças molharem o dedo nos destilados dos adultos. Depois, eu comecei a usar Biotônico Fontoura, um tônico que a gente tomava para abrir o apetite. Era um pouco alcoólico, eu adorava. Depois, na pré-adolescência, veio o Keep Cooler, um vinho espumante muito fraquinho. Aí, aos dezessete anos, eu migrei pra cerveja, uísque, vodca, cachaça, vinho, espumante. A primeira droga ilícita que usei foi maconha, aos dezesseis anos. Não conheço nenhuma pessoa da minha geração que não tenha usado. Eu já usei ácido, êxtase e gota. Em Amsterdã, comi cogumelos mexicanos, minha droga favorita. Nunca usei cocaína porque nunca apareceu na minha frente. Não gosto de encontrar meus amigos quando estão cheirados, eles ficam muito chatos. E a descrição da ressaca no dia seguinte também me desanima. Dois amigos tiveram problemas com cocaína, mas a maioria usa esporadicamente, numa boa. Se as drogas não detonassem o corpo, eu usaria todos os dias. Não uso porque meu corpo saudável também me dá muito prazer.

Minhas personagens eram resultados de fórmulas químicas. Eu gostava de imaginar o que elas ingeriam. Não importava se eu não conhecia de verdade todos os componentes. Cocaína, imagino, que faria me sentir como um pequeno Deus arrogante. Pensava que pelo sangue de Maria Cecília, de *Bonitinha, mas ordinária*, do Nelson Rodrigues, corriam energéticos, café, Red Bull, estimulantes sexuais, maconha e pratos apimentados, e, na virada da personagem, aquela risada louca de lança-perfume. Na tabela periódica de Estele, de *Entre quatro paredes*, tinha antidepressivos, pouco tabaco e muita champanhe. Alma, de *Anjo de pedra*, do Tennessee Williams, era muito limpinha, aquelas bochechas saudáveis de quem come a melhor comida, bebe muita água e pouco vinho, mas para acalmar o beija-flor de ansiedade em seu peito devia usar uma bombinha de asma às escondidas. Orlando, da Virginia Woolf, vinho e charuto. Ana Clara teria um sangue cheio de muita coisa, restos de ácido, maconha, bastante cocaína, bolinhas de calmantes, porra, Coca-Cola e destilados: uísque quando está com o amante rico e conhaque barato no quarto da pensão.

Mas, quando Gustavo falou que ayahuasca era forte, que você perdia o controle, fiquei com medo. Se eu tivesse ouvido isso três anos antes, acharia o fim da linha tomar um negócio com um cunho, assim, meio espiritual. Lembrava-me de uma amiga que tinha um namorado que estava

SEITA 31

no Daime e que falava pra mim que o negócio fazia uma lavagem cerebral.

— Mas tem que ser hoje, coelho? Todo mundo vai comemorar a estreia no Brancaleone.

— Cerejinha.

— Para.

— Parabéns, cerejinha. Todo mundo está elogiando, ela é a cerejinha do bolo da peça. Não vou poder ir no próximo, tem que ser hoje. Te conto; se for um troço muito hippie, a gente desencana. Você vai ficar aqui?

— Posso, coelho?

— Fica com as chaves. Agora eu vou, porque eles falaram que não pode fazer sexo antes do ritual.

* * *

Fui para a noite de música black de segunda-feira no Brancaleone, com Daniela e outros amigos da faculdade, uma turma de amigos fiéis, mesmo depois de formados. Enquanto eu vivia sentindo incômodos que não sabia identificar nem nomear, alternando-me entre a alegria de pequenos momentos de confiança e a timidez absoluta, Daniela era a festa da faculdade. Ela morava em São Caetano e vinha e voltava todos os dias de ônibus, até se mudar para uma casinha cor-de-rosa na Pompeia. Apareceu no primeiro dia de aula usando um macacão colante e óculos de sol espelhados, fazendo graça, dançando e cantando funk carioca. A gente era feliz e sabia disso. Aquela molecona, baixinha, morena, meio desengonçada, se transformou num mulherão naqueles quatro anos de universidade. A gente esperava, na maior expectativa, ela aparecer nas festas só para conferir sua produção. Ela nunca decepcionava: microssaias, tops coloridos, botas escandalosas, chapinha nos cabelos. Dizia: "Quem é bonito, é bonito, quem não é, apela". Começou a tirar uma graninha dançando na noite como *go-go dancer*, e arrasava na pista. Entramos juntas na Unidade de Teatro e Outras Avenças, companhia de teatro da Renata, assim que nos formamos.

Renata tinha trinta e dois anos, era devotada ao teatro e ao Portal da Divina Luz e insistia para que fôssemos conhecer os rituais. Tinha vendido um telefone para montar um espetáculo, na época em que os telefones fixos valiam uma nota. Era alta, bem magra, cabelos compridos, crespos, tingidos de vermelho, pele bem branca. Gostava de passar horas no teatro e varava a madrugada antes de estreias. Dizia: "Não gosto de pessoas, prefiro personagens". Já tinha sido aclamada pela crítica e já tinha se desiludido com o teatro um milhão de vezes, o que a fazia se agarrar à fé de que as palavras certas, no tom certo, provocavam transformações profundas, mesmo que inconscientes, na plateia.

Renata desejava montar uma companhia que juntasse teatro, música, dança e literatura. Foi Daniela quem sugeriu elementos do folclore brasileiro, músicas e danças típicas, frevo, bumba meu boi. Iniciamos a pesquisa, mas logo desistimos de tentar nos encaixar em estilos como o baião, cuja temática é baseada no cotidiano e nas dificuldades da vida dos nordestinos. Sentíamos que era uma realidade que não poderíamos representar. Então partimos para o estudo da história do punk rock, interessados em seus ideais políticos, contra o sistema, e em sua estética urbana. Ensaiávamos uma adaptação de *Orlando*, da Virginia Woolf. Numa das últimas vezes em que fui a um bar com Daniela (a gente passou a achar caído frequentar bares e botecos, cheios de "tranqueiras", que era como a gente chamava quem não era do Portal, além de "trouxas"), estava tocando música ao vivo. Daniela pediu para cantar, e estávamos só nós duas no local. Ela cantou "Chão de giz" e, daquela noite em diante, além de atriz, seguiria a carreira de cantora. Tinha uma voz muito linda. Nós nos conectamos rapidamente, uma amizade que se manteve firme até a decepção que lhe causei ao sair do Portal e a que ela me causou permanecendo lá. Que saudades de minha amiga querida, saudades do café fraco que ela fazia quando eu lhe visitava e a gente era livre para fofocar sobre a turma toda. Que chatas que nos tornamos, ela com a cabeça apertada dentro da caixinha do Portal, eu com meus rancores. Nenhum ideal vale uma amizade.

Mundo da lua
Ele está no mundo da lua
Muita loucura
Cavando a sua sepultura.

Solto e volto a prender os cabelos num rabo de cavalo quando não sei o que fazer com as mãos, principalmente quando saio para dançar, que é quando não sei bem o que fazer com meu corpo. Naquela época, eu ainda não sabia que hip-hop não era só um estilo de música, que era uma cultura, mas adorava o swing e gostava de achar que estava me misturando com o pessoal da periferia na balada da Vila Madalena. Eu voltava sozinha, dirigindo meu Uno branco com uma marca verde do lado da porta do motorista, que consegui quando esbarrei num poste no estacionamento de um supermercado. Sempre fui muito distraída, como minha mãe. Cheguei a preencher um cheque assim: "Vinte reais e cinquenta minutos". Já esqueci um prato de comida no micro-ondas; quando me perguntaram o que eu tinha achado do macarrão, falei que estava ótimo, mas o prato ainda estava dentro do forno. Outra vez, voltei para casa depois de uma aula de ioga com uma bolsa vermelha parecida com uma que eu tinha. A bolsa ficou pendurada na minha casa por uma semana. Um dia, perguntei para Felipe, meu futuro marido, enciumada: "De quem é essa bolsa de mulher?". Eu tinha pegado a bolsa de uma menina, coitada, que já estava refazendo seus documentos e tudo. E já arranquei um ponto da cara de um molequinho. Eu estava numa festinha de criança, e vi um menino quieto num canto. Cheguei pra ele e perguntei: "o que é isso na sua cara?" Arranquei. Era um ponto cirúrgico.

Dormi no apartamento de Gustavo. Meu namorado me acorda de manhãzinha; ele tinha varado a noite naquele lugar.

Ele foi um Gustavo e voltou outro. Gustavo era dessas pessoas turronas, cabeça-dura mesmo. Se eu falasse de Deus, ele ria da minha cara. Completamente cético, completamente. Falar de espíritos, reencarnação, para ele era o fim. Aí, naquele dia, ele chegou dizendo umas coisas, pedindo perdão, uns negócios. Achei muito louco. Eu achava que não

SEITA 35

cederia à pressão que Renata fazia para eu ir ao Portal, mas fiquei intrigada. *Quero ver o que fez o Gustavo mudar em tão pouco tempo*, pensei.

Mas lendo atingi o bom senso
Mas lendo atingi o bom senso
A imunização
Racional.

Desligo o rádio.

— É aqui? Tem certeza de que é aqui? Está tão escuro. Paramos o carro. Gustavo tinha uma Belina antiga, que a gente dizia que era invisível, porque nem gente que distribui papéis com propagandas nos abordava no farol.

— Presta bem atenção em onde o carro está — falei, e a gente riu, porque na semana anterior tínhamos passado quarenta minutos perdidos, emaconhados, procurando o carro no estacionamento de um shopping.

Nós nos aproximamos das grades da casa. Toquei a campainha. Um cara alto, grande e estrábico apareceu. Veio com calma, como quem tinha a noite toda para percorrer os cinquenta metros que separavam a casa da rua, e abriu a porta sem nem perguntar quem a gente era. "Lúcio", ele se apresentou. Senti um frio na espinha. Subimos uma escada que dava num corredor e numa sala. A casa, toda à meia-luz, tinha paredes amareladas, decoração meio cafona, um quadro com o desenho de um palhaço triste e outro quadro esotérico, desses em que a pessoa está atravessada por luzes roxas. Cheiro forte de incenso. Havia uma sala à direita e depois, descendo dois degraus, outra sala, redonda, com uma lareira. Um quintal, também circular, com espaço para uma fogueira. Uma cozinha e um quartinho nos fundos. Outra escada que subia para os quartos, que nunca vi.

Fico ali, meio deslocada. Gustavo conversava animadamente com Roberto, um artista plástico, ou designer, não sei, e é como se os dois se conhecessem há anos. *Alguém vem falar comigo, alguém vem falar comigo*, penso até chegar, finalmente, Daniela, que também estava indo ao Portal pela primeira vez. Alma se aproxima de Gustavo com um charuto aceso nas mãos.

Alma era uma senhora de uns sessenta e poucos anos. Todos a chamavam de "a dirigente". Tinha a voz bem grave de quem fumava muito. O charuto, ela explicou, era uma tentativa de acabar com o vício. Usava um vestido indiano comprido, marrom. Senti uma simpatia enorme por ela. A mesma sensação que tive na primeira vez que fiz um curso de teatro e bati os olhos naquele monte de adolescentes esquisitos, me sentindo parte do lugar imediatamente.

Vejo Helena, a sacerdotisa, de longe. Ela tinha chegado meio em cima da hora, a sessão já ia começar, e não fomos apresentadas. Tinha um sorriso largo, largo e misterioso. As duas eram muito discretas, nunca vi trocarem carinhos, nada que denunciasse que eram um casal. Se Renata não me dissesse, eu nunca desconfiaria.

Acertamos o valor de noventa reais para cada um com outra senhora, Edna, uma mulher de olhos enormes, toda vestida de branco. Ela anotou nosso nome num caderno com espiral da Tilibra.

Nós nos sentamos na sala de baixo, afastados um do outro; disseram que não era bom casais ficarem próximos durante o ritual. Devia ter umas doze pessoas ali, no máximo. Havia hinários— pequenas encadernações xerocadas — numa cesta e instrumentos musicais — caxixi, maracá, kalimba — noutra. Eu não sabia tocar nenhum instrumento, então peguei a kalimba.

A mulher de olhos enormes veio com uma bandeja e nos serviu o chá em copos de plástico descartáveis. Era um líquido espesso, meio amarronzado, como se tivesse terra misturada ali. Roberto veio com outra bandeja, oferecendo uvas, e me disse com uma piscadela simpática:

— Pega mais de uma, você vai precisar. E tome de uma só vez, para o gosto não ser tão ruim.

Obedeci.

Todos abrimos os hinários. Alma leu uma oração inicial, evocando Deus e o amor. Fiquei olhando para ela, na expectativa de que visse algo especial em mim. Ela se aproximou e disse, fechando meus olhos:

— Não assista, participe.

Então, o chá começou a fazer efeito. Senti medo e um tipo de tontura, como se ligassem o zunido de um amplificador dentro da minha cabeça. Vi luzes de um tom de rosa muito forte. E azul, e roxo. Fluorescentes. Senti como se algo entrasse em meu corpo, uma energia em forma de hélice, feita de ar, como um vendaval, entrando pelos meus pulsos. Olhei minhas mãos, eram feitas de ramos de folhas amarelas. *Essas mãos são minhas?*, pensei. *Eu não sou essas mãos, de quem são essas mãos? Eu não caibo nessas mãos, sou muito maior que esse corpo. O que é isso que move esse corpo?* Fui ao banheiro. Lembrei-me da recomendação de não se olhar no espelho, mas não resisti. Minha pele estava mais amarelada, meus olhos verdes, muito grandes, os cabelos loiros, eriçados. Meu rosto formava mil peças geométricas brilhantes, em constante mutação. Eu era uma mulher de outro tempo.

Volto para a sala. As pessoas cantavam as músicas do hinário, eu não conseguia acompanhar, as palavras perdiam o foco no papel. Helena tocava uma harpa, meio desengonçada, sem jeito. Eram todos muito desafinados e, não sei explicar, eu adorei aquilo, me inspirou muito amor, um amor arrebatador que eu nunca tinha vivido. Lágrimas escorrem pelo meu rosto, sinto o gosto das lágrimas. Éramos todos inadequados e estava tudo bem, todos podiam cantar, toda expressão era bem-vinda. Eu cantava de coração, cantávamos todos juntos, todos corações desajeitados.

Brilha, brilha, brilha
Invade meu peito, alegria
Pequena luz irradia
Brilha, brilha, alegria
O amor é meu único guia

Ali não existia timidez, não existia vergonha, eu não estava amarrada em meu corpo tenso. Eu me senti grande, quente, como se minha presença tomasse todo aquele espaço, e todos estávamos envolvidos por essa sensação boa, amorosa, dourada. De repente, eu amava aqueles desconhecidos, esquisitos, todos meus irmãos.

Fui até o quintal, olhei para o céu, abri meus braços, queria abraçar o céu inteiro. As nuvens eram anjos comemorando aquele momento. Ali eu podia fazer qualquer coisa, pular, gritar, chorar, uma liberdade maravilhosa.

Pensei em Deus, naquela imensidão. Naquele momento, eu sabia o que era o infinito. *O infinito existe*, pensei. *Eu sou o infinito*. Mas, estranho, também me vi muito pequena. Era um maravilhamento diante de uma coisa muito grande, que, por isso mesmo, também me esmagava.

O ritual todo, o "trabalho", como era chamado, durou umas três horas. "Trabalho" é uma ótima palavra, porque você se revira, é colocado diante de si, é obrigado a olhar para si e a trabalhar mesmo. Eu sentia que não era possível mentir sob o efeito da ayahuasca. Se a pessoa tinha alguma questão mal resolvida com alguém ou consigo mesma, a bebida ampliava a sensação até que a situação estivesse resolvida. Ao final, foi servido um lanche simples, caseiro, de sopa de abóbora, pães, frutas. Esperamos o transe baixar para que as pessoas pudessem dirigir ou pegar uma condução de volta para casa.

Eu segurava a kalimba, uma caixa de madeira com dentes de metal e um buraco no meio. Tentava tirar lá de dentro uma pedra azul que caíra de um anel que eu adorava. Eu conseguia tocar a pedra azul com a ponta do dedo, mas estava difícil puxá-la para fora. Alma viu a cena e se aproximou.

— Ela pegou sua pedra. É uma troca pelo som que você tocou.

— Uma troca? Uma relação comercial até no plano espiritual?

— É como tudo começa — respondeu Alma.

Não falei mais nada, como sempre. Tinha esse mecanismo idiota de fingir que já sabia de tudo, que tudo me era muito familiar, natural. Gustavo apareceu, feliz, os olhos molhados, e nos abraçamos, eu amava seu abraço quente, o jeito como seu corpo grande me envolvia. Nós nos sentamos numa mesa, na cozinha, e Alma começou a contar sobre o início do Portal da Divina Luz, de um peruano que apareceu em sua casa com um garrafão de ayahuasca e uma pena de condor dizendo que ela seria uma xamã. Alma disse que a ayahuasca era um transporte provisório ao plano astral, que a ideia era tomarmos cada vez menos até que tivéssemos esse canal naturalmente aberto.

— Sabe aquela história de que todos estamos conectados por até seis graus de separação? Então, você só conhecia Deus por meio dos padres, mas agora você pode falar com Ele diretamente, não há mais intermediários. Todos podem acessar o divino.

Alma tinha um humor ácido, não era dessas professoras de ioga boazinhas, de fala mansa. Era afiada como as pessoas que apanharam para valer. Ela tinha uma marca no lado direito do rosto que, dizem, era resultado de uma surra do ex-marido. Ela continuou, dizendo que não havia hierarquia no Portal da Divina Luz, que ninguém subiria num altar, que éramos todos iguais. Ela cita um livro sobre Blavatsky, e eu finjo que conheço. Por que faço isso? É tão trabalhoso, ai, que cansativo. Tenho que memorizar o nome para procurá-lo depois. Blavatsky, Blavatsky, Blavatsky.

SEITA 41

Piscina

Gustavo me deixou em casa; ele tinha um compromisso de trabalho cedo no dia seguinte. Acordei ao meio-dia. Surpreendi-me calma, em paz, os pensamentos claros. Meus olhos viam em todas as coisas o reflexo de Deus, tudo era o amor divino. A rachadura na parede era bonita, o lixinho da pia, encantador. Tinha um vaso de comigo-ninguém-pode, presente de uma tia para afastar mau-olhado, na varanda. Eu não sabia que essa planta pinga de vez em quando e fiquei ali, sentada embaixo dela, em silêncio, ela chorando enquanto eu olhava pela sacada as milhares de janelas que a vista alcançava. Quantos amores, quantos desejos, quantas aflições. Havia amor, ou beleza, mesmo nas aflições. Pensei nas gêmeas Desejo e Desespero, de Sandman. Um hino chegou devagar, soando em meus ouvidos: "Minha dor é sua, mãezinha/ Essas lágrimas minhas te dou/ Lava meu coração, mãezinha/ E enche ele de amor". Toca o telefone, é minha mãe.

— Loirinha, fiz o pão de protestante que você adora. Passa aqui para pegar, senão a carne moída estraga.

— Te amo, mãe — falei. Deu pra perceber o constrangimento do outro lado da linha. Achei graça.

— Tá bom. Que horas você vem amanhã?

* * *

À tarde, fui para o ensaio na casa de Renata. Estávamos trabalhando na adaptação de *Orlando*, focados nas muitas vidas da personagem. Tínhamos reduzido o livro a uma peça sobre vidas passadas, basicamente. Desculpe, Virginia. Eu ensaiava cinco dias por semana, treinava kung fu nos outros dois, encontrava minha família todas as quartas para jantar e todos os sábados para almoçar. Pagava com bicos de publicidade as contas do apartamento que meu pai me deu — a ideia de sair de casa tinha virado obsessão quando uma cigana, lendo minhas mãos no Viaduto do Chá, disse que eu só teria sucesso quando morasse sozinha. Como vários colegas, cheguei a fazer ficha e ficar na espera para ser garçonete no Ritz, mas era sempre salva pelos comerciais. A publicidade me salvava e juntos vendíamos os desejos desesperados dos supermercados, dos cartões de crédito, dos sanduíches, do sabão em pó e das máquinas de lavar. Acho que fiz umas trinta propagandas. Até depois de raspar a cabeça para fazer dona Lígia, em *Bonitinha, mas ordinária*, consegui usar minha cara "inha" para gravar um comercial de nuggets.

Eu e Renata ensaiávamos a passagem do final de *Orlando*, e tive a sensação de entender e dizer o texto com as intenções certas pela primeira vez:

Pois se há setenta e seis tempos diferentes, pulsando simultaneamente na cabeça, quantas pessoas diferentes não haverá — Deus nos ajude — todas morando num tempo ou noutro no espírito humano? (...) Mas o eu de que mais preciso se mantém a distância, e os outros... Há um novo eu em cada esquina. Não desejo ser mais nada senão um único eu. O verdadeiro eu, a união de todos os outros eus que existem em mim. Assombrações! Assombrações desde criança. (...) Sim, posso começar a viver de novo. Estou quase compreendendo... A lua para nas águas e nada se move entre o céu e a terra. Tudo quieto. Quase meia-noite.

Minha avó, mãe do meu pai, tinha o hábito de viajar com os netos. Com ela conhecemos as cidades históricas e o trabalho de Aleijadinho, Foz do Iguaçu, a Pousada das Águas Quentes, e, quando crescemos, ela começou a bancar nossas viagens internacionais. Assim eu fui à Inglaterra, conhecer o castelo Knole, em Sevenoaks, a quarenta minutos de trem de Londres. O castelo foi construído no século XV e dado de presente pela rainha Elizabeth I à família Sackville em 1603.

O que se diz é que Virginia Woolf se apaixonou por Vita Sackville-West, que também era escritora, e lhe escreveu *Orlando* como uma declaração de amor. Vita era uma mulher excêntrica, e seu romance com a socialite e escritora Violet Trefusis ficou famoso e foi imortalizado no livro de cartas trocadas entre elas, *De Violet para Vita*. Vita saía pelas ruas vestida de homem ao lado da amante. É evidente que Virginia se inspirou nela e na história de sua família para escrever *Orlando*. Toda a obra faz referência à vida de Vita. A história começa na época da doação da propriedade aos Sackville e mostra a relação desta família com a nobreza inglesa, as viagens de Vita pelo Oriente, a paixão pela escrita, a androgenia. Eu reconhecia, entusiasmada, as referências. Logo na entrada do castelo se vê o leopardo heráldico descrito nas primeiras páginas do livro. A construção possui mesmo trezentos e sessenta e cinco cômodos, como os dias do ano, cinquenta e duas escadas, as semanas do ano, e sete galerias, os dias da semana. Na época em que estive lá, a família Sackville ainda morava no castelo. Estavam abertos doze aposentos para visitação, todos no andar de cima, e a família habitava o andar de baixo. Uma dessas biografias pouco confiáveis conta que, assim que se casou com Leonard Woolf, Virginia disse: "Você sabe que nunca faremos sexo, não sabe?".

Devia ser o terceiro cigarro seguido que Renata acendia. Sua casa tinha bitucas espalhadas por todos os lados. Os cigarros eram parte de seu corpo, estavam invariavelmente entre os dedos, parecia que ela nem tinha consciência de que fumava. Por onde andava, ia apagando e acendendo cigarros, a fumaça se misturando aos cabelos vermelhos, e ela abandonando as bitucas esmagadas nos cantos das janelas, estantes, poltronas. Eu não entendia como a máquina de seu corpo funcionava à base de cigarros, Coca-Cola e pães de queijo. Na nossa versão de *Orlando*, além de dirigir, Renata representava Nick Greene, poeta que passa uns dias na casa de Orlando e que, ao final da experiência, a seu ver nocivamente entediante, escreve um poema de escárnio contra o jovem nobre. Interpretar essa personagem era um modo de Renata expurgar sua amargura e sua falta de grana.

Primeiro verbete do glossário do Portal da Divina Luz: "transmutação". A palavra fazia parzinho com outra, "encantamento". No tipo de xamanismo praticado no Portal, os sentimentos e situações humanas eram personalizados, transformados em seres com vida própria. Não era recomendado atacar de frente seus medos ou defeitos. Você vai rodeando essas entidades e transformando suas energias em outras formas mais luminosas ou expulsando essas presenças devagar até a luz tomar o lugar. Era assim que lidávamos com tudo, com nossas dificuldades particulares e também com nossos relacionamentos. Esse aprendizado foi fácil para mim, que vinha treinando desde pequena externar uma coisa diferente do que eu pensava e sentia.

Comento com Renata que me sinto bem, de maneira diferente, nova, mas não tenho vontade de voltar ao ritual.

— Não sei. A sensação é a de que vivi muita coisa num só dia. É muita coisa para digerir.

— Paulinha, tem tudo a ver com você e as coisas que você conta. Experimente mais uma vez — disse Renata. — É comum obsessores tentarem desviar as pessoas do caminho espiritual.

Segundo verbete do Portal da Divina Luz: "obsessores". São espíritos desencarnados que vagam perdidos. Às vezes, colam em alguém, se a pessoa estiver com a guarda aberta, como encostos, sugando sua energia. São facilmente reconhecíveis por dores nas costas e no pescoço. Às vezes, são apenas más influências, soprando na sua cabeça pensamentos que te distraem do caminho que você deve seguir. Ou podem ser uma boa desculpa para quando você fizer uma merda: "Não fui eu, foram os obsessores".

— Teve uma hora em que olhei para baixo e meus pés tinham asas — falei.

— É Mercúrio, seu regente. Você é de gêmeos, não é? Então, Mercúrio é o mensageiro, o deus da comunicação na mitologia romana. Ele se deslocava com sandálias aladas pra levar informações. Simboliza trocas de comunicação e agilidade — disse Renata. — O primeiro passo é aceitar que a gente precisa de ajuda, admitir que temos muito a aprender no caminho espiritual. Olha para o mundo... Estamos todos doentes. O que é mais importante que deixar essa luz, esse amor, essa cura fazer parte da nossa vida? Tudo o que a gente faz aqui reverbera lá, no plano astral, e muito do que acontece lá nos influencia aqui. A gente tem muito aprendizado pela frente. Você é um espírito novo, é lindo, é uma sorte poder aprender logo cedo, mas tem que ser humilde.

Fiquei em silêncio. O que eu não disse para Renata é que eu estava mesmo apreensiva por causa do Gustavo. Eu era louca por ele, e o cara estava vidrado no negócio. Gustavo era muito de se apaixonar pelas coisas e só falar daquilo. Se eu não o acompanhasse, a gente ia ficar sem assunto. *Não vai dar certo se eu não tentar*, pensei.

Decidi ir mais uma vez. Os encontros no Portal ainda não aconteciam em dias fixos nem tinham uma ritualística organizada. O trabalho seguinte aconteceu no sítio de Gustavo, que ficava na Granja Viana. Ele tinha um apartamento em

São Paulo e esse sítio. Era um bom terreno; a área construída deixara espaço para um bosque e um lago, perto do qual, três meses depois, ele levantaria uma oca que seria a sede do grupo. Essa rapidez dele me assustava, mas com Gustavo era assim, tudo ou nada, e ele se entregou completamente. Toda essa devoção explodiria, anos depois, em cenas de ódio em que Gustavo chamaria Alma de "vaca desgraçada".

Era julho, fazia frio. Estávamos todos na sala, aguardando o trabalho começar, num momento que era chamado de "piscina": a chegada, o contato com as pessoas, a organização, a familiarização com o ambiente, com todos que fariam parte do ritual.

Vejo Gustavo conversando com Beto, o designer ou artista plástico. Estão rindo, o que será que estão falando? Eu me aproximo, e sem querer sobramos nós dois, eu e Beto, e ficamos sem assunto. *Pensa em alguma coisa pra falar, pensa em alguma coisa pra falar*, penso, mas não vem nada. A gente dá uma risadinha constrangedora e inventa uma desculpa para se afastar.

A bebida foi servida, os noventa reais foram acertados, todos estávamos sentados, cada um no seu lugar (a escolha do lugar era muito importante, devíamos sentir onde estava nosso lugar de poder naquele dia). Silêncio, todos meditando, esperando o transe se abrir. Alma se levanta devagar; ela usava um manto branco sobre um vestido comprido, também branco. A cabeça meio abaixada, as mãos tocando a boca, estava escolhendo delicadamente suas palavras.

— Vamos começar nosso trabalho, amados. Fechem os olhos.

— Ela se aproximou de um tambor. — Coloquem a mão direita sobre seu coração. — Deu uma batida no tambor. — Sintam as batidas do seu coração. — Durante todo o discurso, ela batia o instrumento de maneira calma e rítmica. — Respirem, profundamente, três vezes. — Todos obedecemos. — Voltem para o momento em que entraram aqui. Como vocês vieram? Quem vocês viram, como estava a casa, como vocês estavam? Seu coração bate forte e tranquilo, forte e tranquilo, forte e tranquilo. Voltem para o dia de ontem, como vocês estavam? O que vocês fizeram? Quem encontraram? Respirem. Voltem um ano atrás. Quem vocês eram? Como se sentiam? — Tambor. — Voltem cinco anos. Dez anos. Voltem para o útero de sua mãe.

Ela fez uma pausa. Ouvimos somente o som grave ressoando no espaço.

— Voltem para antes da barriga de sua mãe. Onde vocês estão? Como vocês são? Qual é a sua forma?

Alguém, com uma voz feminina, bonita e suave, começou a cantar a música "Oração ao tempo", do Caetano.

És um senhor tão bonito
Quanto a cara do meu filho
Tempo, tempo, tempo, tempo
Vou te fazer um pedido
Tempo, tempo, tempo, tempo...

Sinto frio, muito frio, tremo de frio. Uma dor profunda no peito, uma tristeza, toda a tristeza do mundo. Começo a chorar e a soluçar, meu peito se sacode. Abro os olhos, estou deitada no chão gelado de pedra, as mãos entrelaçadas sobre o peito. *Estou morta*, penso. *Estou morta*. Fecho os olhos. Atrás de mim, vindos da terra, uma multidão de fantasmas azulados me atravessa; eu dou passagem a eles, sou a sua porta. O medo me paralisa, tento me levantar, mas não consigo. Olho para o lado, uma mulher grávida está sentada ali, me agarro à barriga dela, desesperada, sinto seu coração bater. Alma me vê e diz, tocando minha cabeça e me dando um pau de chuva pra me ajudar a ficar ereta:

— Calma, coragem, menina.

Eu me levantei, me sentei, segurei o negócio e caí de novo. Alma, ainda me olhando, acenou com a cabeça como se mandasse uma mensagem para algo que estava comigo, sussurrando:

— Coragem, coragem.

Fui me acalmando. Tocaram um hino que falava de atravessar portas. De repente, quatro homens começaram a tocar tambores, uma batucada potente, todos se levantaram, dançaram, a força das batidas nos levou a um estado catártico. Muitos risos, vivas. Eu me levanto, me mantenho em pé, me sinto forte.

Alma encerra o ritual. Era uma experiência de trabalho de regressão. Então, ela me disse que minha hora ia chegar, e isso me deixou muito feliz, eu sentia que algo me aconteceria, algo que mudaria minha vida, e ansiava por isso. Disse também que via que eu tinha muita força e muita proteção e que estava aprendendo rápido, que era preciso trabalhar minha mediunidade, aprender a dominar esse dom,

SEITA 51

ou ele me dominaria. E me perguntou quem era um espírito que ela sempre via ao meu lado, me protegendo. Na hora me lembrei de meu tio.

— Tio Tonico?

Ela acenou com a cabeça, sorrindo. Eu me emocionei, que saudades de tio Tonico, que alegria sentir sua presença. Uma senhora comum, pensei, olhando Alma, uma vida comum, filhos, fã de novelas, que de repente passa a se dedicar a cuidar das pessoas, a organizar rituais, a aprender e ensinar sobre o mundo espiritual. Alma era engraçada, tinha um modo muito simples de falar, usava um português tosco, errado mesmo. Ondas "celebrais", ela dizia. A gente não ligava, pelo contrário, isso inspirava ternura, revelava sua origem humilde. Alma não me corrigia, me incentivava, me mostrava qualidades que eu nem sabia que tinha. Próxima dela, eu não me sentia eternamente inacabada. Alma não via problema em adjetivos vagos. "Pessoas vagas merecem adjetivos vagos." E sobre o uso excessivo de adjuntos adverbiais, ela certamente diria: "De que diabo você está falando?". Por outro lado, ficar sozinha com ela por muito tempo me deixava aflita, dava a sensação de que ela me leria inteira e talvez descobrisse aquelas coisas ruins que eu achava que guardava escondidas.

Um prato de sopa de abóbora se aproximou nas mãos de Gustavo.

— E aí? Forte, né? Você está bem? Olha, eu sei que tenho uma coisa para resolver comigo mesmo, não tem nada a ver com você, eu vou melhorar, paciência comigo, tá bom?

— Quanto amor, que sorte, que alegria que a gente está aqui, meu amor.

Era bom me sentir pequena nos braços de Gustavo. Então, Daniela veio na minha direção. Dava para ver mais a parte branca dos olhos que as pupilas, duas persianas se fechando e se abrindo, virando para dentro do buraco onde se encaixa o globo ocular. Apoiou as mãos nos meus ombros, me colocando na sua frente.

— Século XVIII, Inglaterra — disse ela. — Você era uma mulher muito bonita, filha bastarda de uma criada escrava com o dono da casa. Quando sua mãe morre, te encaminham para um convento. Lá você é estuprada por um padre dezessete vezes. As freiras entendem que é você quem se insinua para o padre e te isolam numa cela. Você morre de sífilis, careca, sem dentes, sozinha e abandonada.

Meus dois grandes olhos. A garra de pescar pesadelos.

— Coelho, eu juro, não estou olhando para ninguém. Nem dá pra ver ninguém daqui.

Estávamos no Vino e Massa, um restaurante italiano onde costumávamos dividir um prato muito bem servido de canelone. Era nosso aniversário de três anos de namoro. Eu me lembrei do vexame do ano-novo: meia hora antes da virada, eu com Gustavo, na fissura de comprar maconha, e ele brigando com um grande amigo meu por ciúmes.

— Você olhou pro garçom.

— Eu pedi os cardápios, pelo amor de Deus. Não começa.

— Você está a fim dele?

SEITA 53

— Está bem. Vou ficar olhando pra mesa — falei, apoiando a testa numa das mãos enquanto balançava a cabeça numa sucessão de pequenos nãos.

A gente não devia ter fumado, pensei, mexendo, contrariada, nos talheres. Não adiantava conversar quando ele entrava naquele estado. Ficava vermelho, olhos vidrados, estalados, irracional.

Como alguém que conhecia tanto as artes e sabia falar de tantos assuntos podia de repente se tornar rígido como uma porta?

O garçom trouxe a comida e serviu um canelone muito pequeno em cada prato. A gente se olhou, sem entender.

— Eles mudaram o cardápio?

Comecei a rir, a rir muito. Meu riso contagiou Gustavo, que me perguntou, confuso, do que eu estava rindo. Eu apontei para o nome do restaurante gravado no prato. Não estávamos no Vino e Massa, tínhamos entrado no restaurante errado. No carro, na volta, me lembro de Orlando e sua primeira paixão, Sacha. Chego em casa e anoto no meu carvalho (caderno de anotações sujo de mar, sujo de cinzas, sujo de sangue, que Orlando leva consigo em sua travessia através dos séculos): "O amor é uma ilusão; não amamos as pessoas como elas são, mas como vislumbramos que elas serão quando conseguirmos salvá-las. Amamos, na verdade, o próprio amor e nossa vaidade".

Abri a porta do apartamento dos meus pais quando cheguei para o jantar semanal. Minha mãe ria, sozinha, sentada à mesa da cozinha.

— O que foi, mãe?

Ela chorava de rir, e sua voz foi ficando mais aguda à medida que falava.

— Derrubei uma colher no chão. Levei quinze minutos para conseguir pegar. Eu me abaixei, mas depois não consegui erguer o corpo, fiquei dobrada pra baixo.

Uma garrafa de uísque vazia em cima da mesa.

— Nossa. Quer ajuda?

— Agora está tudo bem, olha a colher aqui. Ai, loirinha, estou ficando velha.

Meu pai chegou e me viu ao lado dela, naquele estado. Desperdiçamos o pão quentinho que ele acabara de trazer. Ele me ajudou a levantá-la.

— Vamos levá-la pro quarto antes que sua irmã chegue.

Juliana não se conformava, discutia, brigava com dona Ione. Meu pai preferia arrumar minimamente a bagunça para minha mãe não sofrer tanto quando acordasse arrependida no dia seguinte.

Acho que vi minha mãe bêbada pela primeira vez na festa de quinze anos da minha irmã. Dona Ione fazia um discurso para uma câmera VHS, desejando tudo de bom e mandando um beijo para Juliana. O que ficou na minha memória foi a cara de desagrado da minha irmã, no canto da sala, vendo minha mãe daquele jeito na frente dos seus amigos.

Minhas duas experiências até então no Portal da Divina Luz tinham sido marcantes. Trechos de hinos me passavam pela cabeça com frequência e me traziam boas sensações. Mas eu ainda relutava em me comprometer, não queria me envolver como Renata. Passei as semanas seguintes aflita. Gustavo pegou um trabalho grande e ficou enfurnado na editora. A descrição da cena de estupro numa vida passada me deixara impressionada. Um hino surgiu na minha cabeça: "Se procura saber/ Onde está sua sorte/ Tem que aprender/ E descobrir onde mora/ A coisa mais bela/ Elo da vida/ Através de sua morte". Resolvi ir ao ritual seguinte sozinha.

Cheguei já concentrada e fiquei quieta enquanto todos se preparavam. Tomei o chá e em menos de quinze minutos já estava em transe, deitada de novo no chão. Muito frio. Pensei:

Ok, vou encarar. O que está acontecendo? Então, eu me vi num poço úmido, escuro, paredes de pedra. Eu era aquela mulher que tinha sido estuprada e abandonada. Eu estava doente, fraca, muito magra, pele e osso, sentindo muitas dores, qualquer movimento doía. Levei as mãos à boca, não tinha dentes. Espantada, pus a mão no peito, queria sentir meu coração, mas meu peito era um buraco. Comecei a sentir muito ódio, era um sentimento frio, azul-acinzentado. Quem era aquele homem que me tinha feito tanto mal? Por que alguém faz uma coisa dessas, acaba com a vida de uma pessoa? Deixa uma pessoa definhar? Será que ele era uma das pessoas com quem eu convivia hoje? Eu queria matar, eu queria torturar, eu queria esmagar aquela pessoa, pisar nela. *Eu quero ver esse homem debaixo dos meus pés.* Eu chorava de ódio, chorava muito. De repente, no meio desse ódio me veio um entendimento que foi, aos poucos, clareando meus pensamentos. Era preciso perdoar. Talvez eu tivesse feito muito mal para aquela pessoa numa outra vida e estivesse recebendo o troco. Eu nunca saberia quando esse ciclo de ódio começara, e isso, essa violência, era infinita. A única maneira de quebrar o ciclo de ódio e vingança era o perdão.

Eu estava frágil, mas ao mesmo tempo feliz. Tinha chorado durante o trabalho inteiro, meu rosto estava inchado, e eu achava que tinha entendido uma coisa profunda que não dizia respeito só a mim, mas falava de povos, da cultura da guerra no mundo. Lembrei a experiência que tive na adolescência, a sombra que tentava me tocar, e tudo pareceu se encaixar. Chego perto de Alma ao fim do ritual e lhe conto todo aquele processo. Ela me olha sem muita atenção. Chama Helena.

— Ela está se sentindo perseguida nos trabalhos.

— Vá para a luz — disse Helena. — Assim que o transe se abrir, vá direto para a luz e veja tudo de lá. Você vai ter mais clareza do que se passa. Eu vou te passar um estudo sobre as musas, *O caminho da deusa*. A gente vai estudar as letras do seu nome e as musas da Grécia antiga. É um caminho para você descobrir quem você é.

Fiquei confusa, aquilo não fez muito sentido, mas a culpa devia ser minha, já que eu sabia pouco do mundo dos mortos. Reconheci que o Portal e a ayahuasca eram um caminho de revelações poderosas. Mas ainda não estava completamente entregue.

Bip para Gustavo: "Socorro, coelho, acho que vou fingir que estou passando mal e desmaiar". Meu cabelo está todo em pé, foi secado pra cima, e cheio de spray. Estou num camarim durante a gravação de um comercial de xampu. Mas eu não sou a mulher linda dos cabelos incríveis que entra esvoaçante, sacudindo a peruca pra cima e pra baixo. Eu sou uma mulher que abre um frasco de xampu genérico de onde sai uma rufada de vento. Voz do locutor: "Você não vai querer ficar assim, não é?". Não, não vou. E então entra a linda que usa o xampu super active argan zévers nutrientes. Gustavo não responde. Os bips eram uns troços engraçados: você ligava para uma central, onde atendiam pessoas de verdade para quem você ditava suas mensagens. Era demais ditar textos de sacanagem: "Eu quero te chupar todinho". ""Te chupar todinho', correto?" "Isso, 'te chupar todinho'."

Bip para Gustavo: "Estou no supermercado, macarrão à primavera, hoje à noite".

Nada do lado de lá.

Eu perdia Gustavo para o Portal duas vezes por mês, agora que os encontros aconteciam nos dias quinze e trinta. Os trabalhos de regressão e queima de carma tinham sido deixados de lado. Tinha ficado entendido que os hinos eram os melhores condutores dos rituais, que agora eram de dois tipos, um mais solar, festivo, e nesse os novos podiam ir, e outro mais denso, voltado a quem queria curar alguma coisa, a quem tinha algo a resolver, e, acredite em mim, sempre haveria coisas a resolver, se não suas, de seus ancestrais, isso era infinito.

Fui ao ritual seguinte, meio insegura. Cheguei sozinha e encontrei Gustavo conversando com Beto, eles mudaram de assunto quando me viram. Passei a maior parte do ritual no chão. Meu corpo pesava, e eu ficava naquela posição de morta, com as mãos sobre o peito. Consegui me levantar numa batalha interna e... vomitei na cozinha. Eu olhei aquilo e tentei pegar meu vômito de volta. Alma percebeu esse movimento e gritou de longe:

— Arranca ela daí, agora! Sai daí!

Eu estava perdida, não tinha noção, não tinha consciência. Alma se irritou e começou a bater o maracá na minha cabeça.

— Sai desse corpo! — gritou. — Larga o aparelho! Você tem que tomar conta do seu corpo; se você não habitar o seu corpo, alguma outra coisa vai.

Meu Deus, era isso, minha mãe não estava habitando o corpo dela. O que tinha tomado o seu lugar?

O trabalho acabou, e eu estava arrasada, o rosto de novo inchado de chorar. Edna, a mulher dos olhos enormes, deve ter sentido pena de mim e sentou-se ao meu lado. Ela tinha uns cinquenta anos e inspirava confiança. Ela me contou, pegando minha mão, que foi parar no Portal porque estava fazendo um tratamento energético e volta e meia ficava mal, doente. Tinha sonhos lúcidos, projeção astral. Ela explicou que dormir e sair do corpo é algo que todo mundo faz, mas nesse caso era consciente. Ela tinha pesadelos e acordava cansada, às vezes com marcas no corpo. Não aguentava trabalhar. Deitava a cabeça no travesseiro, a cama começava a tremer, cachorros apareciam, um inferno. Isso às vezes durava dias. Uma exaustão terrível. Procurou ajuda em um monte de lugares até ficar desgastada ao nível de sentir que não tinha sangue no corpo ao acordar de manhã. Encontrou um tratamento de energização com cristais, um tipo de terapia, na clínica de uma mulher que morava perto de Alma. Eram três ou quatro sessões. Chegava lá, deitava numa maca, e uma mulher colocava uns cristais, acendia uns incensos, tocava músicas. Na terceira ou quarta sessão, a mulher lhe disse que lhe daria um diagnóstico quando terminasse. Os sonhos foram ficando mais lúcidos, menos caóticos. No dia em que teria o diagnóstico, Edna chegou, deitou-se na maca. Duas velhinhas também estavam lá, a terapeuta disse que eram assistentes e que outra menina também ia fazer o tratamento numa outra maca. Ela pediu para Edna fechar os olhos e só abrir quando mandassem. Tocaram as músicas. Em determinado momento, começou uma barulheira na sala, arrasta coisa, quebra coisa. Edna tentou abrir os olhos, mas a mulher falou: "Fica com os olhos fechados". Uma barulheira danada, coisas quebrando, parecia que seguravam uma pessoa. Sentiu alguém respirando no seu rosto, rosnando, como se quisesse falar algo, ouviu um grunhido. Depois de uns dez minutos, um silêncio. Edna esperou mais uns cinco minutos de olhos fechados. Finalmente, abriu os olhos, e não tinha ninguém na sala, nem a menina. Ainda ficou mais uns cinco minutos ali, mas ninguém apareceu. Saiu. Chegou na recepção e perguntou o que tinha acontecido. A mulher falou: "Não aconteceu nada, você não viu nada". Então, Edna perguntou: "Tá, mais e aí? E o diagnóstico?". O diagnóstico dela foi assim: "Eu te aconselho a ir a uma igreja e rezar bastante, porque o seu caso não tem solução". A mulher parecia assustada. Edna estava apática, sem saber o que fazer, e disse: "Você podia ter me falado isso na primeira sessão". Ela repetiu: "Se eu fosse você, ia pra igreja, rezava". Edna nunca soube direito o que aconteceu. Na saída, com raiva, viu um papel na parede escrito assim: "Trabalho xamanista com um xamã peruano. Pepe está no Brasil". E o telefone. Perguntou o que era. A mulher falou: "Não se mete com esse povo, não, porque isso aí é coisa de índio. Eles tomam chá e todo mundo fica louco". Pegou o papel, enfiou na bolsa e foi embora. Ligou e quem atendeu foi Alma.

— Enfim, amada, acho que seu problema não é tão grave assim, não é? Você vai aprender a manter a firmeza e ficar em pé.

Olho para ela e apenas digo:

— Eu acho que estou perdendo meu namorado.

Lendo *Orlando*, sozinha, em meu apartamento, final de tarde:

(...) a umidade, o mais insidioso de todos os inimigos, pois, enquanto o sol pode ser evitado com venezianas, e o frio com um bom fogo, a umidade penetra quando dormimos; a umidade é silenciosa, imperceptível, ubíqua. A umidade incha a madeira, mofa os utensílios, corrói o ferro, apodrece a pedra. Tão vagaroso é o processo que só suspeitamos do curso do mal quando, ao levantarmos uma cômoda ou um balde de carvão, caem das nossas mãos em pedaços.

— Cerejinha, preciso falar com você.

Não há originalidade em separações. Os começos são sempre inspirados e únicos. Os finais são sempre a mesma

SEITA 61

merda: alguém ama muito e vai sofrer, alguém ama pouco (ou quase nada) (ou mesmo nada) e vai sair de cena aliviado.

— Se você vai me dar um fora, pare de me chamar de "cerejinha".

— Não é fácil para mim também.

— Você me acha uma boba. Eu sei que você tem vergonha porque caio em todos os trabalhos. Não sei o que acontece comigo, não tenho controle sobre o meu corpo.

— Não é isso. Eu me apaixonei por outra pessoa.

— Esse não é o texto certo. Agora é a hora em que pergunto se você tem outra e você nega. — Silêncio. Que irônica é a vida. Eu, a segura naquela relação, era quem estava sendo traída. — É o Beto? Você é gay?

Ele solta uma boa risada.

— Como assim? Não tem nada a ver.

— Ela é do Portal? Silêncio.

— Eu não vou deixar de ir, pelo menos não agora que estou no meio do processo de cura pela minha mãe. Estou nesse empenho pela limpeza ancestral do alcoolismo na família. Não posso abandonar o ciclo pela metade.

— Eu sei. Vou tentar ir só nos rituais de novos. Me dá um abraço.

Odeio abraços de final de namoro. A tristeza de saber que você não vai mais enfiar a cara na barba malfeita, os cabelos não vão mais se enroscar no botão da camisa, a gente não vai mais rir porque eu não vou mais perguntar pela milésima vez, distraída, se o cheiro do pós-barba é um perfume novo. No último abraço morrem também os apelidos. Adeus, coelho. Adeus, cerejinha.

Eu não estava nem aí. Não queria me casar, alguém disse que eu queria me casar? Droga, eu pensava em me casar com Gustavo. Apesar da encheção de saco, eu me via casando com ele. Quando terminamos, eu me joguei na balada, alternava rituais e festas, calculava para não beber dois dias antes dos trabalhos e não parava em casa. Daniela quase sempre me acompanhava. Eu ficava com um monte de gente, não queria saber nomes, não me venham com suas historinhas. Eu me convenci de que era questionável a convivência por mais de três anos. Achava mais agradável não dividir com os outros minhas mesquinharias e outros defeitos que levam pelo menos três anos para serem descobertos. Preferia ser maravilhosa e me relacionar com pessoas incríveis por apenas alguns minutos.

Um dia, minha irmã, Juliana, me ligou.

— Você pode passar na mãe hoje?

— Hoje eu não consigo, Ju, eu vou ao trabalho.

— Paula, o que você está fazendo?

— Tudo o que eu posso.

— É que às vezes eu acho que a mãe precisa mais de alguém pra fazer companhia a ela e para levar um copo d'água do que alguém que reze por ela de longe.

— Eu passo lá amanhã de manhã.

Decidi ir aos rituais para interceder por minha mãe. Perdi a conta de quantas vezes caí, mas precisava rezar por ela, expandir minha energia para ajudá-la. Eu já estava famosa pelas quedas, todo mundo sabia; eu bebia o chá, caía e só me levantava no final. Quem sentava ao meu lado sabia que eu podia me jogar no seu colo e, se não quisesse ficar

SEITA 63

ali, já escolhia outro lugar. E assim foi, por várias vezes. Eu rezava e rezava e, assim como tinha sido com tio Tonico, pedia para que anjos, Deus, Jesus, Nossa Senhora, alguém desse um pouco da minha saúde para minha mãe. Eu também aproveitava para saber por onde meu ex-namorado andava.

Gustavo estava namorando uma bailarina. Eu forçava o assunto para fazer os amigos falarem mal dela, mas ela era linda e ótima, e, além de cair, eu tinha que aguentar vê-los felizes e juntos em vários encontros. Gustavo estava realmente melhor, parecia mais calmo, mais controlado.

A estreia de *Orlando* foi morna. O cenário era lindo: batentes de janelas e portas penduradas, algumas presas no chão, faziam sombras nas paredes sob os refletores. Mas a interpretação amarrada em partituras rígidas não ajudava o texto, que era muito literário. É o tipo de peça que faz todo o sentido para quem está em cena, mas para o público mesmo não acrescenta muita coisa. Entre nós, dizíamos que as pessoas estavam mais a fim de assistir a comédias bestas do que de olhar para si mesmas profundamente e que a crítica era inimiga de trabalhos com fundo espiritual e não aparecia por medo. Minha irmã não escondeu o enfado e me cochichou no coquetel: "Não volto nunca mais". Minha mãe disse: "É muito longa". E meu pai não falou nada.

A temporada também foi fraca, apesar da inscrição: "Io" (divindade feminina grega) secretamente escondida em todo o material gráfico da peça.

* * *

— Loirinha, você vai trazer quantos amigos para o seu aniversário? Vou comprar as coisas pro caldo verde.

— Imagina, mãe, não precisa. Acho que não vou comemorar esse ano.

— Faço uma versão sem linguiça para você dessa vez. Você tem mais amigos vegetarianos?

— Vou ver com eles e já te digo. Não precisa pensar nisso agora.

Tio Tonico morreu alguns dias antes do meu aniversário de doze anos. Juliana e dona Ione estavam no supermercado, comprando as coisas para o tradicionalíssimo caldo verde que elas sempre preparavam para minha festa. Minha avó ligou para nossa casa e deu a notícia para o meu pai. Lembro-me do rosto de minha mãe quando meu pai contou. Lembro-me de que antes daquele dia seus olhos eram lindos quando ela sorria. Lembro-me da sua expressão, como se tivesse sido traída, como se tio Tonico fosse imortal. Lembro-me de que senti alguma culpa por ter deixado que ele morresse nas minhas orações. Alguma coisa aconteceu dentro dela naquele dia. Fomos ao velório, e ela se recusou a chegar perto do caixão, não riu das histórias que as pessoas contavam, das piadas de ocasião. Disse apenas: "Não é certo enterrar pessoas mais novas do que a gente". Ela nunca mais foi à missa, nem no Natal. E começou a preparar o caldo verde com purê de batatas de pacote.

Naquele ano, ela quis fazer o caldo verde de novo, e fazia tempo que não se animava com alguma coisa, mas eu ficava constrangida de levar meus amigos para vê-la daquele jeito, então o vegetarianismo foi a primeira desculpa que me ocorreu. Eu precisava pensar em alguma coisa para fugir daquela situação.

— Eu vou viajar com a turma, mãe. A gente vai para a praia.

— Então vou colocar o caldo verde num tupperware. Você leva na viagem, tá bom?

Até que teve um trabalho em que consegui ficar sentada o tempo todo. Concentrada, cantei todos os hinos. Edna vem até mim em certo momento e diz em meu ouvido:

— Cada um sofre o que tem que sofrer. Não é possível sofrer o sofrimento dos outros. Não se perca no outro e não perca seus tesouros.

No final, Alma se levanta, volta-se para mim e diz para todos ouvirem:

— Você conseguiu. Eu admiro muito sua perseverança. Não é qualquer um que se dispõe a enfrentar seus demônios na frente de todo mundo. Parabéns.

Todos aplaudem, tocam seus maracás, uma festa. Agora, sim, eu estava dentro. Estava agradecida, tinha conquistado uma firmeza, um lugar meu no Portal. Não era mais a namorada de Gustavo, não era mais uma menina boba. Estava sendo aplaudida e estava muito orgulhosa e feliz.

Ouço meu nome. Estão me chamando para a gravação. Estou completamente pegada e penso, agora como o narrador de um filme de terror trash: "Estou em transe e vou passar mal em rede nacional".

Faço um esforço descomunal para me concentrar e caminhar pelo corredor que leva ao set de gravação. A outra atriz, o diretor e um produtor seguem à minha frente. A distância é enorme, infinita, impossível. Penso apenas nos meus pés, isso, um na frente do outro, muito bem, agora piso com o pé esquerdo, me apoio, passo o pé direito para a frente, um segundo de desequilíbrio, piso de novo, me apoio. Meus pés afundam, estão pesados. Chegamos ao cenário onde vou gravar uma cena tomando um banho. Um banheiro de azulejos brancos, luzes brancas, tudo branco. "Nlam blacost ivanavis." Meu Deus, como minha voz está soando? Olho para a atriz que contracena comigo, sua boca é um bicho vermelho gigante se mexendo em cima de mim. Ela está dizendo alguma coisa? Fecho os olhos, vejo desenhos geométricos, padrões coloridos, roxos e rosas e verdes que se transformam em rostos, como aqueles deuses chineses furiosos. Medo. Abro os olhos. Giro minha cabeça e as imagens se arrastam lentamente com ela, formando um rastro colorido, luminoso. A cara do diretor está pegando fogo. Suo frio. Vejo serpentes no chão, tento evitá-las, sinto

SEITA 67

aflição de pisar nelas, elas vão se enroscar nos meu pés. Eu tenho duas linhas de texto, só preciso me concentrar nisso. Eu só preciso dizer "nhambeln nacaracaca na vais bom sueis. Inhãn. Inhãmnabaicorumbatã".

Pedras

O xamanismo, de Mircea Eliade, é um livro de que eu gostava muito, um belo estudo sobre os povos xamanistas do mundo todo. São mais de sessenta etnias e suas práticas, da América do Sul à Oceania. No prefácio, Eliade diz:

> O sagrado não para de se manifestar e, a cada nova manifestação, retoma sua tendência primeira de revelar-se total e plenamente. É verdade que as inumeráveis manifestações novas do sagrado repetem — na consciência religiosa desta ou daquela sociedade — as outras inumeráveis manifestações do sagrado que essas sociedades conheceram no decorrer de seu passado, de sua história. Mas é igualmente verdade que essa história não chega a paralisar a espontaneidade das hierofanias: a todo momento uma revelação mais completa do sagrado continua sendo possível.

O Portal, para mim, era isso, uma força nova e poderosa que vinha da floresta para ajudar a nós, seres urbanos, a reestabelecer uma conexão com a natureza, com

SEITA 69

o divino e com o que havia de mais puro dentro de nós. Afinal, a vida tinha um sentido, e cada um de nós, por mais singelo que fosse, era uma peça importante na grande obra de Deus.

Recebo um e-mail de Renata: "Trabalho secreto somente para atores. Não comente com ninguém. Venha de preto e traga objetos de personagens que você representou. Quarta-feira, às oito da noite, no meu espaço. Actor!".

Pego um táxi até o teatro que Renata agora ocupa no centro da cidade, uma sala preta com arquibancadas móveis, onde é possível formar espaços diferentes, dependendo da montagem. Logo que entro, Renata me faz um gesto para manter silêncio. Apoio minha bolsa num corredor, junto a pertences de outras pessoas, e tiro os sapatos. Vejo Daniela e outros atores, todos vestindo preto, umas doze pessoas. Entro na fila para acertar o valor, cinquenta e quatro reais para trabalhos pequenos, e ser servida de ayahuasca preta, a "mel", como é chamada, uma ayahuasca mais espessa, mais escura e mais forte.

Sou encaminhada por um dos atores até o palco, onde cadeiras estão dispostas em círculo. Sob cada uma delas há uma pedra branca. Alma já está sentada, de olhos fechados. Helena toca um tambor, batidas simples, num ritmo lento. Todos nos sentamos. Ficamos em concentração por uns quinze minutos. A cerimônia reproduzia um ritual que acontecia na Grécia antiga. Os atores, sentados em roda, eram abençoados pelos deuses do teatro. A pedra branca debaixo do pé esquerdo simbolizava os degraus, os obstáculos que atravessaríamos no caminho espiritual.

Alma se levanta, vai até o centro da roda e diz, solene:

— Isso é sério, muito sério. O segredo foi quebrado. Quem foi? Na Grécia antiga, quem participasse de um trabalho desses e saísse, ou contasse esse segredo para alguém, era morto. Morto pelo deus Dionísio. Você colocou sua vida em risco. A gente está tendo uma oportunidade de entrar em contato com esses rituais antigos, mas tem que ter responsabilidade. Quem foi? Venha até o centro do palco.

Uma das atrizes se levanta. Era Yara, uma atriz talentosa e inteligente, que tinha um humor ácido e era muito carismática.

— Fui eu. Foi sem querer. Encaminhei o e-mail errado, me confundi.

— Venha até o centro. Ajoelhe-se.

Yara obedece, encostando a cabeça no chão.

— Perdão, perdão.

A voz pesada e grave de Alma dá lugar a uma súplica:

— Conquistamos a permissão para realizar esse ritual. Esse é um privilégio. Quando teremos esse acesso de novo? É muito delicado. Você pode ter arruinado tudo. Vamos nos concentrar e pedir licença para entrar nesse lugar sagrado que é o teatro. Vamos tentar atravessar novamente esse portal.

Helena começa a cantar. Muito desafinada, mas com poder de evocação:

— Ó, Dionísio, nos dê a graça, para compreendermos tudo o que nos passa.

Todos, em coro:

— Dionísio. Dionísio. Dionísio.

Repetimos esse mantra durante um tempo. E então Helena puxa saudações a Actor:

— Actor! Actor! Todos repetem:

— Actor! Actor! Ela:

— Io! Io! Todos:

— Io! Io!

— Lembrem-se de personagens que vocês representaram — pede Alma. — Peguem seus objetos. Todos os personagens que interpretaram existem no plano espiritual. Todos se materializam e ficam plasmados no astral. Um a um, calmamente, venham até o centro da roda, façam os personagens e, ao final de cada cena, se puderem, joguem os objetos no fogo. Se não puderem queimar os objetos, façam menção no plano astral, mentalizem a energia dos personagens e a direcionem ao fogo. É nocivo carregar essas energias na sua vida. Descolem essas energias de vocês.

Ninguém se mexe.

— Comece você — diz Alma. Ela aponta para um ator sentado ao seu lado direito. — Sigam a ordem da roda.

O jovem ator se levanta e começa a fazer uma cena de *Romeu e Julieta*. Ao fim, ele joga um cinto no fogo e volta a se sentar. E assim, um a um, surgem no meio da roda Medeia, Estragon, Blanche, uma Neusa Sueli, um Macbeth, até chegar minha vez. Eu me levanto, caminho até o centro do palco e começo a fazer um arlequim, personagem de uma peça que fiz na faculdade, um menino de rua, ingênuo e esfomeado, saltitando pelo espaço, me sinto leve, era um personagem que inspirava muita ternura. Ao final, jogo no fogo sua touca de lã e me lembro das apresentações, dos amigos na coxia, da gente correndo pela praça do relógio para ganhar fôlego, e vejo Cabeleira, o nome daquele arlequim, pulando de mim em direção à fogueira.

Helena encerra o trabalho.

— Essa primeira pedra que vocês estão levando é o primeiro passo no caminho do ator sagrado — diz ela. — O primeiro ensinamento, a devoção, a disciplina e a obediência. Evoé! Amém, amém, amém!

Ritual finalizado, Daniela, minha amiga da faculdade, me dá carona até minha casa.

— Como estão os ensaios? — pergunto. Eu não estava mais na Unidade de Teatro e Outras Avenças.

— Demais. *Fausto*, né? Bem levinho. Estou fazendo uma cena como Mefistófeles, estou pirando. E você?

— Não sei ainda. Estou lendo umas coisas. Como Alma descobriu que Yara quebrou o segredo?

— Beto enviou um e-mail para ela perguntando sobre o trabalho.

A gente dispara a rir.

— O que foi isso? Que demais, que privilégio a gente estudar os caminhos sagrados do ator na fonte. Alta magia. Que incrível.

Estávamos eufóricas.

No dia seguinte, recebo um telefonema:

— Alô, Paulinha? Aqui é Luciano, tudo bem?

— Oi, querido, como você está? — Largo em cima da mesa tudo o que tinha nas mãos.

— Estou produzindo um espetáculo novo, uma adaptação de *As meninas*, da Lygia Fagundes Telles. Pensei em você pra fazer a Ana Clara.

Tento, mas não consigo disfarçar a excitação, e sei que isso vai diminuir o valor do meu cachê.

— Sério? Eu amo essa personagem, já li esse livro quatro vezes!

— Que joia, vamos nos ver, te conto mais.

A gente toma um café. Ele me diz que um diretor bacana ia assumir a peça, que o elenco era ótimo e que a adaptação seria feita por um autor de novelas, o que chamaria a atenção da mídia. Ainda não sabia quando começariam os ensaios, mas seria um processo curto, de uns dois meses. Pensei comigo que se fossem poucos meses de ensaios eu não ia conseguir fazer a cena final, quando Ana Clara morre de overdose, alucinando com baratas e o Espírito Santo, mas mesmo assim topei na hora.

Ligo para Daniela.

— Você não vai acreditar no sincronismo — digo. — Me chamaram para fazer a Ana Turva. Eu vou fazer a Ana Clara!

Ligo para meu pai.

— Pai, entrei num projeto incrível.

— Que ótimo, filha. Paula, o que você está fazendo agora?

Fui a um café, onde já estavam Juliana e meu pai. Ele nos diz que está pensando em divórcio.

— Ela não vai aguentar — diz a segunda Papá.

— Ela é mais forte do que a gente pensa. Vou passar um tempo viajando, e aí ela vai se acostumando com a ideia. Ela mesma já me disse que não entende por que eu não fiz isso antes.

— E pra onde você vai?

— Aluguei um apartamento aqui perto. Não vou ficar tão longe.

— Eu estava perguntando sobre a viagem... Mas você já alugou um apartamento — disse Juliana, virando as costas em direção à porta da rua.

— Ela vai entender. Vai demorar um pouco, mas ela vai acabar entendendo — digo, colocando as mãos nos ombros do meu pai.

Quando os papéis se invertem, os filhos dão conselhos, e os pais choram em segredo.

* * *

Atores são seres que falam sozinhos na rua, que pegam ônibus imaginando como outros seres levantam o braço para dar sinal ao motorista, como se sentam, como tomam um copo d'água, como mastigam o pão francês de manhã, como respiram.

Entre os artistas, os atores se submetem aos julgamentos mais cruéis. Nenhum desconhecido chega para um pintor no meio de sua exposição e diz "você está gordo", "você precisa cortar esse cabelo", "olha que figurino horroroso" ou "você podia dar uma afinadazinha no seu nariz". Talvez essa seja uma das funções secretas mais importantes dos atores: colocar-se na linha de fogo dos tomates. Deixar a plateia acessar toda a carga de veneno acumulada na semana e despejá-la sobre você. Não digo isso como uma denúncia, apontando o dedo na cara, não. É uma delícia descascar atores, é claro, também faço isso. Temos vocação para ralo.

SEITA 75

Atores são adictos de *insights* de criação, e não há droga mais deliciosa que a energia depois de uma boa ideia, de um bom ensaio, de uma boa apresentação, é uma sensação de poder, de ser capaz de tudo, qualquer coisa. Essa descarga é seguida, quase sempre, por uma sensação de desamparo e abandono. Onde foi parar aquela segurança? Onde estão as ideias geniais? Por que não consigo criar mais nada? Tem uma maquininha dentro da gente, sempre ligada, observando e registrando tudo, tudo pode ser útil em algum momento. Mesmo o tédio, mesmo a sensação de esvaziamento diante de uma pia cheia de pratos sujos. Olham para as emoções sem estabelecer hierarquia, com um gosto especial pelas comezinhas, mesquinhas, patéticas, desprezíveis.

Atores dão entrevistas imaginárias e criam discursos de agradecimento enquanto estão no chuveiro, isso quando estão num bom caminho criativo. E quando não encontram o caminho, se descabelam, definham. Na véspera de estreias, sonham que toda a plateia abandona o teatro, que não sabem o texto, que não lembram onde estão seus objetos de cena, que esqueceram o figurino. Atores não existem fora de cena. Atores gostam de gente, gostam de ouvir histórias na fila do supermercado. E não há nada mais prazeroso nem momento mais pleno que comover, estar comovida, compartilhar um momento de comoção com uma plateia, sentir que todas aquelas pessoas estão acompanhando você, respirando juntas. Nada é tão bonito, tão cheio de sentido, tão cheio de vida.

Passo os dois meses seguintes estudando sozinha a passagem da morte de Ana Clara. Ela vai se degradando cada vez mais no decorrer das cenas e, no fim, já está bem mal. Não se sabe o que aconteceu, está toda suja, machucada, talvez tenha sido abusada. Tomada de medo, ela tem flashes luminosos e vê Deus. Fico treinando entrar em desespero. Eu me concentro, começo a alterar minha respiração, choro até soluçar. Paro, dou um tempo e repito tudo de novo. Para mim é mais fácil entrar em contato com sentimentos sombrios, dor, tristeza, do que com felicidade, alegria, plenitude. Que loucura é nosso trabalho. Imagine uma conversa qualquer. "O que você fez hoje?" "Hoje treinei entrar em desespero, pela manhã, e à tarde fiquei estudando como sentir ódio, soquei almofadas e fiz declarações de amor para uma porta de vidro."

Atores são seres que se apaixonam e morrem de amor por outros seres imaginários. Amo Ana Clara, a pele de Ana Clara, seus cabelos, cada uma das suas fragilidades. Ninguém ama o herói por sua bravura. Amamos a dor, a inconsciência de seus impulsos, a gagueira, os tropeços, a pequenez. O que me atraía a Ana Clara, com um amor quase desesperado? No livro, ela é abusada pelo dentista da mãe, por isso range os dentes, *roc, roc, roc,* uma neurose. Em algumas passagens, o namorado reclama por ela estar fria no sexo, diz que transar com ela é como transar com um pinguim.

Por mais que hoje eu já não ache que vivi situações de violência sexual em outras vidas, por mais que não acredite que um espírito tenha tentado me estuprar, de alguma forma essas experiências dizem, diziam algo sobre mim. Esse sonho que tive na adolescência, com uma sombra me tocando e dizendo que me faria coisas de que meu namorado não seria capaz, é surpreendentemente comum. No livro *O mundo assombrado pelos demônios*, Carl Sagan cita, em tom de crítica, uma pesquisa segundo a qual dezoito por cento dos norte-americanos já acordaram paralisados e cientes da presença de um ou mais seres estranhos no quarto. Isso dá pouco mais de cinquenta e oito milhões de pessoas. A maioria se sentiu atacada sexualmente por essas presenças. E a maioria dessas pessoas são mulheres. Sagan diz que devemos levar em conta o "equilíbrio instável entre o impulso sexual e a repressão social que sempre caracterizou a condição humana", e o número superior de mulheres que se sentem assim deve ser uma bandeira de alerta.

Eu me reconhecia na fragilidade de Ana Clara. Imaginava que ela tinha um jeito moleca, desajeitada, com seu namorado, uma espontaneidade que ela só se permitia com ele. Com outras pessoas, ela mostrava o comportamento artificial que era esperado dela. O que mais me doía no texto era o último lampejo luminoso antes de sua morte. Dizem que é comum ter um momento de lucidez e vivacidade nos últimos minutos de vida. A flor sustentada por um arame se volta para a luz pela última vez e morre.

* * *

O Portal estava crescendo. Apareceu um casal, Eduardo e Alice, ele, advogado, ela, uma *performer* que usava vídeos em seus trabalhos. Eduardo começou a criar um estatuto, com regras internas do Portal da Divina Luz. Os novos tinham que ser convidados por pessoas que já frequentavam os rituais e assinavam um termo de responsabilidade para poder participar. Os membros passaram a ser chamados de "integrados". Os trabalhos agora custavam cento e oito reais (a soma dos números sempre resultava em nove).

Terceiro verbete do glossário do Portal da Divina Luz: "nove". Esse número representa a realização completa do homem, com todas as suas aspirações atendidas e seus desejos satisfeitos. Também representa a mais alta forma do amor universal. É o número da grande sabedoria e do poder espiritual, já que contém a experiência de todos os números anteriores.

Para se servir de ayahuasca, a gente entrava numa fila — àquela altura, já havia umas trinta pessoas por sessão —, e quem ficava responsável pela distribuição da bebida era um dos anjos, direcionado por Alma, que era quem dizia qual seria a dose do dia. Anjos eram pessoas de confiança designadas para cuidar dos outros participantes durante os rituais. E limpar os vômitos. Muitos vômitos.

Aceitei o convite de Edna e passei a frequentar os ensaios dos músicos. A gente se encontrava na casa de Vera, que só anos depois fui descobrir que era uma baita de uma jornalista científica — na época, nao falávamos de nada além do Portal. Era uma casa alegre, luminosa, com portas e janelas de madeira de demolição e azulejos hidráulicos na cozinha. Éramos nove pessoas, entre elas, eu, Renata, Edna e Daniela. Beto tocava tambor. A dona da casa fazia uma oração, a gente tomava só uma colher de ayahuasca para consagrar o encontro e cantava as músicas

SEITA 79

do hinário. Alguns estudavam seus instrumentos, e, aos poucos, tudo foi ficando afinado e ordenado, o toque dos tambores, os violões, os maracás. Vera ajudava, e o coral acabou ficando bem bonito. Então, sempre que podia, eu ia ao Portal nos dias quinze e trinta, e uma vez por mês me juntava ao grupo de música.

Ritual de novos numa casa onde funcionava uma escola de ioga, no Morumbi. Uma amiga de Beto tinha oferecido o espaço para o grupo. Isso era uma coisa que acontecia muito, encontros nas casas das pessoas, para abençoar o ambiente, abrir os caminhos. Assim que entro, vejo um cara moreno numa roda. Ele está sentado no chão, falante, as pernas abertas num espacate.

Alma me coloca como anjo, junto com Beto. Eu chego para aquele cara, Felipe era seu nome, e digo a ele para se sentar na segunda fileira. Ele diz que não, que já tinha seu lugar ao lado da dona da casa, Olga, uma mulher de uns quarenta anos, muito bonita, cabelos grisalhos. Fico puta com a desobediência. Olga se vira para mim.

— Um não para o outro é um sim para si mesmo — disse ela. Foi um ritual caótico do começo ao fim. Um rapaz meteu a mão numa janela de vidro e uma garota bem nova surtou na sala ao lado daquela em que estávamos. Beto cuidou do menino, e eu fiquei tentando segurar a moça para ela não se machucar. Ela se debatia e rolava pelo chão. Peguei uns panos que vi por ali, amarrei seus braços e pernas e cantei para ela se acalmar. Quando tudo estava sob controle, me dou conta de que um dos novos tinha saído.

— Beto, onde está aquele ator que chegou com Daniela?

— João? Meu Deus, sumiu.

Beto chegou perto de Alma e cochichou em seu ouvido. Ela nos fez um gesto para ficarmos em silêncio.

De repente, o ator reaparece, branco de medo. Disse que tinha se perdido nas ruas, vendo fantasmas, sombras, e que ouvia a voz de Alma lhe chamando: "João, volte, João, volte".

No final, Edna vem até mim. E pensar que dali a sete anos ela abandonaria o Portal, com vários outros integrados, e ficaria em depressão durante dois anos inteiros.

— Tem um moço aí que não tira os olhos de você.

Eu me viro e vejo Felipe, o cara que me desobedeceu, olhando para mim. Ele vem puxar assunto.

— Os rituais são sempre assim, animados?

— Nossa, estou morta. Parece que fiz duzentas abdominais.

— Posso ler suas mãos?

— Você faz leitura de mãos mesmo ou é uma cantada?

— As duas coisas.

Felipe era descendente de árabes. Os pais, administradores, devem ter se perguntado onde erraram quando ele largou a faculdade de artes plásticas para abrir uma escola de ioga em Moema, uma filial que atraía muitos jovens. Felipe acompanhou a ascensão e a queda dessa rede e se desiludiu. Naquele momento, trabalhava no mercado financeiro, aplicando a sequência de Fibonacci a transações na bolsa de valores. Sua família era muito, muito rica, mas ele parecia não lidar bem com essa realidade, por isso ostentava bermudas e camisetas rasgadas. Era uma dessas pessoas que pensam

SEITA 81

muito rápido, fala sem conseguir acompanhar o raciocínio, e eu acho esse jeito de tropeçar nas palavras uma graça.

Ele segura minhas mãos e passa os dedos pelas linhas.

— Geralmente, as mulheres querem saber se vão se casar, mas você está mais preocupada com o trabalho. Tem problemas de respiração, é sensível, mas entende as pessoas que abandonam a família para nunca mais voltar.

Levanto as sobrancelhas. Droga, eu não queria que ele visse que me surpreendeu. Nem que visse esse sorriso bobo que eu não consigo controlar.

— E você não consegue receber ordens de mulheres, consegue? Ele ri. Tem covinhas.

Era uma noite quente, dava pra ver a lua crescente. Deixaram-nos sozinhos ali no jardim, num gramado rodeado por azaleias. Uma brisa com cheiro de dama-da-noite. Ele me beija. Um beijo bom. Aquele primeiro beijo de quando a gente se apaixona por alguém. Seria bom poder capturar esse momento e colocar dentro de um pote de vidro, deixá-lo na estante e abrir naqueles dias em que a decepção tenta estraçalhar seu peito.

"Por que fui engravidar? Não vou ter esse filho, de maneira nenhuma. Mande ela embora, ela vai me matar! Tire ela daqui. Ela vai me matar, ela está querendo cravar essa espada no meu coração! Vá embora, não chegue perto de mim, eu não te fiz nada! E essas baratas? Eu não aguento mais! Andei com Deus, ele estava aqui. Não interessam mais as coisas que depois eu disse, não, não, Ele veio e tinha uma luz assim na minha cabe-

ça e Ele me deixou voar tão alto com Sua mão seguran-
do a minha." *No chão, a roupa imunda de Ana Clara,
como se tivesse rolado num pântano. O cheiro medonho
de vômito misturado ao perfume amanhecido.*

Soube que os ensaios começariam em um mês e que a
data de estreia da peça já estava marcada.

Vera sabia bastante de música, e o coral do Portal estava
bem afinado. Ela teve a ideia de gravarmos os hinos, o que
deixou Alma contentíssima, brincando que iria abrir uma
gravadora, a Chacrona Records, uma referência a uma das
plantas de que a ayahuasca é feita.

No final de um dos ensaios do grupo de música, ficamos papeando, eu, Vera, Yara, Edna, Daniela e João, o ator
que tinha desaparecido no meio daquele trabalho. Eu estava
em dúvida sobre corrigir os erros de português dos hinos.

— Alma é impressionante, né? — diz Vera. — Que força, que mulher. E que história. Imagine, de repente, se sepa-
rando, com três filhos, uma pessoa normal, e aí receber esse
chamado. E não poder recusar. Devotar a sua vida a ajudar
as pessoas. Que luta.

— Uma mediunidade poderosa — comenta Daniela.

— Você a conhece há muito tempo? — pergunto a Edna.

— Ninguém no Portal conheceu Alma antes de mim.
Eu sou a primeira integrada, estava nos primeiros rituais.
Naquela época, já tinha a ayahuasca, mas ainda não tinha a
ideia do trabalho. Eu entrei pra construir a coisa. Quando
cheguei, ela estava fazendo lá umas coisas com uns índios.
Não tinha os artistas ainda. Todo esse pessoal veio depois.

SEITA 83

— E como era?

— Não tinha os hinos, não tinha nada. Ela morava com Lucian, um peruano que era artesão e trabalhava com metal, e ele dava uma força. A gente tomava, colocava umas músicas no aparelho. Uns ficavam deitados, outros iam pro jardim, uma turma ficava na cozinha, e ela tentava organizar as coisas.

— E o que vocês faziam pra ajudar?

— A gente botava música tibetana, música de golfinho — continuou Edna, rindo. — Era tomar e seja o que Deus quiser. A gente passou por muita peia. Gente que surtava e queria ir embora, que você não conseguia segurar lá dentro, e dez minutos depois ligava dizendo que tinha batido o carro. Gente que brigava, gritava, e a gente não sabia o que fazer. E às vezes baixavam umas coisas dantescas, que eu acho que eram as energias se alocando pra dar essa estrutura do trabalho. A gente fez muitos trabalhos que não eram abertos pra todo mundo e que eram terríveis, porque eram, tipo, um treinamento para o que ia ser. Eu passei muito susto, mas sempre queria voltar.

— Você via as entidades? — pergunto.

— Via um monte — responde Edna. — Fora aquelas energias que vinham e davam a sensação de que você ia enlouquecer, de que seu corpo ia se desfazer, de que você não era nada, não tinha chão, não tinha parede, não sabia quem era. E agora? O que você faz? Entendeu? E aí você aprende a se salvar. Tipo a fogueira. Você gruda na fogueira. O tambor. Você gruda no tambor. Respira, sai cantando, faz alguma coisa. E foi tudo muito rápido. Depois de dois, três anos, a gente já estava com algumas pessoas querendo ficar, depois querendo montar um grupo.

— É muito aprendizado.

— Existe um trabalho a ser feito. Do mesmo jeito que tem uma equipe aqui embaixo, com hierarquias, funções, tem uma equipe lá em cima, com hierarquias e funções. Eu lembro que Alma recebeu umas entidades que até hoje quase desacredito que tenha sido verdade, mas, se eu não acreditar nisso, eu não acredito em mim. Coisas que vieram, energias que vieram, que mostraram mundos, meu Deus, tudo isso existe e eu sou uma minhoca. Porque é muito dantesco demais. E você percebe pela vibração. Tudo que passa pelo nível espiritual, astral, você não percebe com os olhos, ou pelo jeito como a pessoa está falando ou pelo que ela está dizendo. Você percebe pela vibração dela.

Aquilo é só a vibração da presença de um ser que não está dentro do outro, está no lugar dele. Ele está fazendo conexão por aquele canal, e aquele canal irradia aquela energia. E é uma faísca da energia. Ele nem pode vir; se ele vem, acaba com você. Imagina uma entidade dessa incorporar no seu corpitcho? Te acaba. Então, obviamente, quando a gente foi criando uma estrutura, e agora que tem mais gente pra ancorar, vem com mais firmeza, fica mais tempo, irradia pra mais longe, é ótimo.

Vera nos serve mais café e diz:

— Vou te dizer que Helena teve muita sorte ao encontrar Alma. Se não tivesse ido para o Portal, não sei, acho que ela não sobreviveria.

SEITA 85

— Você a conheceu antes? — pergunta Daniela, nos oferecendo biscoitos de arroz.

— O quê? Nunca vi ninguém com tanta vocação para se colocar em risco daquele jeito. Um dia, peguei carona com ela, e o escapamento do carro estava quebrado e jogava a fumaça para o lado de dentro. Essa imagem nunca saiu da minha cabeça, as janelas fechadas, ela rindo, fumando, aquela fumaceira toda, dirigindo como uma louca.

— Chegou a sair pelada na rua, muita cocaína — completa Edna.

— Nossa.

João interrompe a conversa, mudando o assunto:

— Agora, o ritual está caro, hein? Aumentou, né?

— Pois é, está complicado para mim — concorda Vera.

— Eu fico me perguntando se essa maravilha, uma coisa sagrada, divina, não devia ser de graça para todo mundo. Não é? — diz João.

* * *

Felipe e eu seguimos direitinho o roteiro dos primeiros encontros. Ele me levou para jantar, num outro dia fomos ao cinema, nos falávamos sempre, começamos a namorar. Fui chamada para filmar um curta-metragem em Salvador. Foram duas semanas de gravação, no meio do carnaval. Não sei o que deu em mim, a Bahia é foda. Minha personagem era cachaça com mel e cigarro. Enlouqueci e fiquei com um dos caras da equipe técnica. Foi uma coisa descontrolada; a gente se encontrava sempre que acabava a filmagem e saía pelas ruas, no meio da multidão dos blocos, ou ia para a praia, e no final do dia nos encontrávamos no meu quarto ou no dele. Passei alguns dias sem atender ao celular, sem ver as mensagens de Felipe. No último dia, na gravação da minha última cena, essa energia enlouquecida acabou, como se eu tivesse vivido aquela personagem ali apenas naquelas duas semanas. Nesse dia, comecei a ligar para Felipe, mas ele não me respondia. Eu me arrependi de toda aquela loucura. *Ele sabe*, eu pensava. *Ele sabe.*

Liguei para Daniela, aflita. Ela namorava um cineasta, também do Portal, e tinha dito que o cara era muito sensível, que sentia a energia das pessoas com quem ela tinha ficado antes e por isso aplicava técnicas de reiki enquanto ela lhe fazia sexo oral. E estava lhe ensinando a respirar do jeito certo na hora de gozar.

Dois dias depois da minha chegada em São Paulo, Felipe finalmente me atendeu.

— Estou louca para ver *Brilho eterno de uma mente sem lembranças*. Vamos antes que saia de cartaz?

Fomos ao cinema. Nunca falamos sobre o que aconteceu, mas tenho a sensação de que aquele carnaval pairou sobre toda a nossa relação. E, por uns dias, eu vivi o pior papel do jogo amoroso, o de quem mendiga atenção. Até Felipe voltar a se desarmar e a gente se falar, se procurar e querer se ver todos os dias.

Chego no apartamento de minha mãe. Dava para ver o rastro da ausência do meu pai. A sombra de um quadro, o lugar vazio da poltrona. Imaginei os espaços que sobraram nos armários, as gavetas do banheiro vazias do barbeador, desodorante, perfume.

Minha mãe estava em frente à televisão, minha tia ao lado, mostrando-lhe uma revista de joias. Tia Abgail, Biga, como a chamávamos, era a irmã mais próxima de minha mãe. Eram muito parecidas, não só fisicamente, pele clara, cabelos lisos, curtos, muito pretos. Tia Biga também morava em São Paulo, também estava aposentada e também trabalhara em escolas. Era psicóloga. Minha tia tentava convencer minha mãe a começar um curso de peças de prata, anéis, pulseiras, brincos. Cumprimento as duas e minha mãe vai ao banheiro.

— Como ela está?

— Muito estranha, Paulinha. Não teve nenhuma reação, continua do mesmo jeito. Não ficou nem mais nem menos triste com a partida do seu pai. Estou tentando ocupá-la, procurar alguma coisa que lhe interesse, mas está difícil.

Minha mãe volta do banheiro e aumenta o volume da televisão. A apresentadora e a convidada dão dicas sobre como tirar manchas e sobre a quantidade de amaciante para deixar as roupas mais cheirosas. Que paúra da vida comezinha. Comezinha. Comezinha.

Uma terça-feira qualquer, à toa, de tardinha. Deitada no colo de Felipe.

— O que a gente vai fazer hoje? — pergunto. — Vamos ao cinema ou vamos passar na sua casa e pegar suas coisas pra você vir morar comigo?

Felipe foi a primeira pessoa com quem gostei de dormir e, principalmente, de acordar. Era bom levantar toda amarfanhada, passar o café e ler as notícias do dia ao lado dele. Ele morava num quarto da casa de um amigo, Fábio, na região de Santo Amaro, e fomos até lá pegar as coisas pra ele se mudar para meu apartamento.

O Audi dele contrastava com seu jeito desleixado; eram poucas as coisas que denunciavam a fortuna de sua família. Ele andava num carro blindado desde que sua mãe tinha sofrido uma tentativa de sequestro na saída do prédio onde morava. Chegamos à casa de seu amigo, estacionamos, atravessamos a rua abraçados, preguiçosos. Ele colocou suas poucas roupas numa mala, pegou alguns livros e deixou uns objetos que buscaria num outro dia.

Atravessamos a rua mais uma vez, e, quando eu estava fechando a porta do carro, ouvi uma freada brusca. Dois caras desceram de um Palio, um com uma submetralhadora e o outro, com um trinta e oito. Os dois foram até a porta de Felipe. Eu me lembro de flashes, os olhos vermelhos, o cano das armas, o som dos meus gritos. Fiquei fora de mim, descontrolada, não conseguia parar de berrar. Felipe tentou fechar a porta, mas, em vez de trancá-la, apertou o botão para abri-la. Ele engatou a ré, e o carro bateu num poste de luz. Ele jogou a primeira e lançou o carro em cima dos dois caras, que correram e entraram no Palio, que uma terceira pessoa dirigia. Saímos em direção à avenida Vicente Rao, e os caras vieram atrás. De repente, Felipe freia, e os caras nos ultrapassam, dando sete tiros no carro blindado. Corremos até a delegacia, onde os policiais nos trataram com descaso. Penso comigo se teríamos sofrido uma tentativa de assalto, ou mesmo de sequestro,

SEITA 89

se não estivéssemos num Audi, mas, sim, na Belina invisível do Gustavo.

Depois disso, Felipe disse que jamais me deixaria passar por algo parecido novamente e contratou um par de seguranças, que começaram a andar com ele para cima e para baixo. Eu pensei que aquele carma não era meu e que eu já estava entrando no carma dele.

Cofres

— Eu queria agradecer a Alma, mestra, pela chance desse encontro, desse resgate. Nós não estamos sós. Nós nos esquecemos disso, mas somos todos um com Deus, somos todos irmãos. Obrigada, meus irmãos. Eu estava perdida, agora não estou mais.

— Eu queria agradecer porque hoje completam dois anos que estou curada. Passei por um longo tratamento contra o vício e hoje, nesse dia, posso dizer que estou curada, obrigada.

— Eu quero agradecer a essa força, a essa luz que entrou na minha vida, que deu sentido à minha vida. Não sei o que seria de mim se não fosse essa graça. Espero honrar essa sabedoria, obrigado.

— Eu queria agradecer porque hoje nós fazemos quinze anos de casados. Eu desejo que esse amor continue crescendo e que a gente saiba levar esses ensinamentos aos nossos filhos.

— Eu queria agradecer aos maracás e aos mantos coloridos.

SEITA 91

Cair da tarde no meio do ritual.

— Não há mal em desejar ter dinheiro. Não há mal nenhum nisso — disse Alma, sob a influência do mestre. O mestre era o mentor de Alma no plano astral, o espírito de um guerreiro inca. Sempre havia o momento em que o mestre surgia e, por meio de Alma, passava mensagens ao grupo. — Esse é o modo como a prosperidade opera nos dias de hoje. Não neguem a prosperidade, meus amados. O começo de todo processo de cura é desejar a cura. Desejem a bem-aventurança, desejem a abundância. A Terra dá a todos tudo de que precisamos. Confiem que tudo será dado no momento em que vocês precisarem. Prosperidade é confiança. Doem sem expectativa de receber de volta, doem dentro do amor incondicional.

Alma havia introduzido nos rituais uma campanha de doações. Ela distribuía pequenos cofres de cerâmica no formato de elefantes, dourados, que eram o símbolo da prosperidade na Índia. Em todas as trocas de estação, quatro vezes ao ano, portanto, as pessoas que podiam levavam seus elefantes cheios, e as pessoas que estavam passando necessidades materiais pegavam esses cofres. Os cofres que sobravam eram doados para instituições de caridade.

Naquele dia, a dirigente estava preocupada com as contas do Portal. Ao final do ritual, estávamos numa rodinha e Alma disse que estava pensando em outra campanha, em recolher doações para plantar árvores na oca. Uma pequena mentira por uma causa maior.

Ao nosso lado, uma moça que estava lá pela primeira vez começa a chorar e dizer que precisava de dinheiro para o tratamento do pai. Outra mulher, que eu também não conhecia, imediatamente pergunta: "De quanto você precisa?". E a moça responde: "Três mil reais". A mulher diz: "Eu te doo, eu te doo esses três mil reais". Todos nós que assistimos à cena aplaudimos.

— Que momento lindo, cheio de graça — disse Alma.

— Abençoados os que confiam na prosperidade.

* * *

E-mail de Renata: "Trabalho secreto para atores. Quinta-feira, às oito da noite, no meu espaço. Actor!".

Novamente, todos estávamos de preto, solenes, silenciosos. Dessa vez, nenhum e-mail vazou, ninguém, além dos atores, soube do ritual. Acertamos o valor, tomamos ayahuasca preta, sentamo-nos na roda, os pés esquerdos sobre as pedras brancas.

Helena entoa uma evocação ao som das batidas simples e lentas do tambor:

— Ó, Dionísio, nos dê a graça, para compreendermos tudo o que nos passa.

Todos em coro:

— Dionísio. Dionísio. Dionísio. Alma, solene:

— Podem começar a lembrar os personagens que vocês fizeram. Escolham um e, devagar, com calma, cada um vai ao centro da roda e faz uma cena.

Yara se levanta e faz uma empregada do *Tartufo*, hilária. Outra atriz faz a Joana, de *Gota d'água*, a cena da maldição, e também é muito bom, muito forte.

SEITA 93

Pensei naquela última passagem de Ana Clara, que eu estava ensaiando; era a primeira vez que eu apresentaria meus estudos para outras pessoas e senti aquele nervoso bom de expor um novo trabalho. Eu dominava os caminhos da cena, do desespero à luz, passando pela vertigem da alucinação, um lampejo de lucidez, um pouco da consciência da proximidade do fim, o amor pela amiga que a acolhe e a morte. Assim que me levanto, sinto-me passando por um portal e entrando no centro do palco, numa redoma mágica. Uma força me conduz aos estados que eu tinha praticado tantas vezes; eu não pensava em nada, deixava fluir, uma energia me levava, alterava minha respiração. Quando digo "eu vi Deus", vejo uma pomba luminosa sobrevoar a sala. Eu a acompanho com o olhar e sinto toda a sala tocada por sua bênção. Meu corpo todo está entregue; nos momentos mais sombrios, sinto meus amigos respirarem comigo, e eu os conduzo às imagens e aos estados da cena. No final, sinto meu espírito deixar meu corpo e sobrevoar o espaço, olhando o grupo de fora. Meu corpo frio, abandonado embaixo de mim. Saio de cena, me sento e me impressiono ao notar como me encontro num estado completamente diferente ali, na cadeira, alerta e objetiva, pronta para qualquer coisa, e, ao mesmo tempo, tranquila.

Alma se levanta e vai ao centro da sala.

— Imaginem que um extraterrestre desça na Terra e assista a isso. O que ele vai ver? Assassinos? Malandros? Maltrapilhos? Drogados? É assim que vocês querem representar os seres humanos na Terra? O que estamos ensinando? Crueldade, assassinatos, estupros? Continuamos a seguir esse padrão? Que tipo de sociedade poderíamos criar se, em vez disso, levássemos um sentimento de esperança? Nunca vão deixar de ser os degredados filhos de Eva. Precisamos atuar, chamando a Nova Era. Chega de sombras, o mundo já está cheio delas. Na arte, precisamos buscar a luz e trazer a luz para esse plano, plasmar a luz no astral. Vamos nos manter na luz.

Servem mais uma dose para mim, mas eu digo que não quero. Alma dá um tapa na minha mão. Sou obrigada a tomar. Entro num transe violento, passo muito mal, me desespero, parece que aquilo nunca vai passar. O trabalho acaba, mas o transe não passa. Renata começa a tocar violão do meu lado, suavemente.

— Amada, estamos aprendendo. O trabalho de hoje foi um aprendizado importante para todos nós.

* * *

No dia seguinte, ligo para Luciano, o produtor da peça da minha vida.

— Oi, Luciano. Não sei como te dizer isso, mas não vou poder fazer a sua peça. Peguei outro trabalho, não vou dar conta, sinto muito.

Para me conformar, comecei a pensar que estava tudo bem se eu não fosse uma atriz excelente agora, que eu teria outras vidas para me desenvolver, que o importante era estar perto da verdade e contribuir para um mundo melhor.

No começo, era anárquico, e eu fiquei porque era isso. Porque não era nada. Eu já tinha ido na umbanda, nos hare krishnas, *na igreja, não pra ficar, só pra ter meu contato ali, gostava de ir nos lugares. Eu comecei a ir no Portal e fiquei porque não tinha nada instituído, não era uma instituição. O discurso não era "salvacionista", então você não tem que salvar ninguém. Salve a si mesmo que você vai salvar o ambiente ao seu redor. Era só isso.*

* * *

Eu fui conhecer o Portal pra dominar minha mediunidade. Eu tinha uma sensibilidade descontrolada, recebia mensagens de espíritos em qualquer lugar, nas horas mais inadequadas. Uma vez, cheguei a descer de um ônibus vários pontos antes da minha parada pra deixar um bilhete debaixo da porta de um desconhecido. Não conseguia mais viver daquele jeito.

* * *

Eu era viciado em maconha. Estava muito viciado. As pessoas dizem que não, mas a maconha pode ser pesada. Eu comecei a fumar tarde, com vinte e quatro anos. Quando conheci o Portal, eu tinha trinta e nove. No começo, fumar era muito bom, eu não tinha responsabilidades, então usava a erva muito pra desenhar, pra ouvir música, pra namorar. Não tenho nada contra a planta, que também é sagrada, tudo certo. O problema é que se cria uma relação que é ruim, de dependência mesmo. Você não faz nada sem a tal da planta, então, quando eu fiquei nesse estado, de vício, minha situação estava bem diferente, eu tinha três filhos pequenos. Não tinha dinheiro porque estava com o filme queimado por aí. E não tinha energia pra trabalhar, porque ela consome energia. Você fica leso, fica muito de lombra, lesado.

* * *

Eu me apaixonei pela filha do pai de santo do terreiro que eu frequentava. Ela preferiu esconder isso da família, não sabia como o pai ia receber o fato de a filha namorar uma mulher. Mas, quando eu me consultava, ele me falava abertamente sobre o assunto. Eu dizia para ela: "Ele sabe de tudo". E ela dizia: "Nada, quem ouviu foi a entidade". Ele era um baita médium mesmo.

* * *

Quando conheci a ayahuasca, eu estava, não digo em depressão, mas tinha uma desesperança em relação ao mundo, em relação a ter filhos nesse mundo, que agora está pior ainda. Então, quando a ayahuasca entrou, ela me deu esperança. Porque ela abre um universo paralelo, que você percebe que é tão real, ou mais real que esse da desesperança. A realidade não é o que o capitalismo está impondo ao mundo, isso é falso. É tudo falso. E a ayahuasca mostra um mundo que é verdadeiro. O mundo do amor. Que é possível. Então é fantástico encontrar isso. E eu encontrei isso no Portal da Divina Luz. Então, a ayahuasca, ela tem esse componente tradicional de redenção, de cura. Tem. Agora, o problema é o que você faz com isso. Uma pessoa que sai de uma situação de alcoolismo, de cocaína, de rompimento com os pais, e que conserta isso, cura isso, fica muito agradecida. E de repente entra e quer colaborar, por gratidão. É assim que funciona. A pessoa quer entrar numa corrente do bem que salvou a sua vida.

* * *

Um dia, aconteceu um fenômeno, que foi o seguinte... Eu morava sozinho. Estava caindo uma puta chuva. Sentei com um papel na mão pra fazer algumas anotações; de repente, a janela abriu sozinha, minha mão começou a se mexer sozinha assim e pá, parou. Fechei a janela e fui ver o que estava escrito. Era o nome de uma menina que conheço, Ana Maria. "Ana Maria, se você for viajar com seu primo amanhã, não vá." Aí fiquei naquela, né? Bom, isso é loucura, isso é lsd, sabe? Tô ficando maluco... Mas, pelo sim, pelo não, peguei um ônibus até a casa dela, chamei a menina e falei: "Olha, aconteceu isso, isso e isso, não sei do que se trata". E ela falou assim: "Nossa, mas eu vou viajar com meu primo amanhã mesmo". Eu falei: "Aqui está falando pra você não ir. Você precisa mesmo ir?". "Sim, mas não precisa ser amanhã." Então, não tô te dizendo que é e que não é. Você sabe que eu sou louco. E ela ligou pro primo dela, e o primo dela disse: "Ah, isso é bobagem". E ele foi. E aconteceu um acidente, assim, histórico, até hoje é o único caso. Um ônibus despencou da parte de cima da Anchieta e caiu em cima do Fusca do cara. Não sobrou nada.

* * *

A busca por um caminho espiritual é uma coisa que a humanidade pratica há anos. Há muitos caminhos espirituais. Doutrinários, institucionais, ou não, a pessoa pode ter um caminho sem usar nada. A pessoa tem lá um caminho, você não sabe. Quando você olha para um mendigo, você não sabe se ele está numa conversa séria com Deus.

* * *

Quando meu marido entrou em depressão, nós fomos ao Portal pela primeira vez. Fomos na tentativa de ajudá-lo. Meu marido pegou um transe de três dias, ele tinha muita mediunidade, e morreu seis meses depois. Morreu de picada de pernilongo. Tinha tanta mediunidade que se fazia visível nos lugares onde não estava.

— Mediunidade ou esquizofrenia, é uma questão de escolha.

Limpeza

E-mail de Alma: "Trabalho de anjos, às sete, na minha casa".

Minha resposta: "Não poderei hoje, minha mãe está doente, vou ficar com ela. Bom trabalho, beijos, Paula".

E-mail de Alma: "Está bem, amada. Coloque o nome dela nas orações".

Fecho meu computador, passo um café. Felipe sai do quarto, todo arrumado, de branco.

— Você vai sair?

— Tenho uma reunião.

Vejo que ele usa um japamala, colar indiano que costumava colocar para ir aos rituais.

— Você vai no trabalho de anjos?

— É secreto. — Ele ri.

— Alma já te chamou para esse núcleo?

— Ela me pediu para ler as mãos dela.

— Pede a ela alguma coisa em troca, nem que seja uma flor. Por favor, Felipe, você sabe como você fica quando a pessoa não te paga de alguma forma sua leitura de mão. Estou indo para a casa da minha mãe, beijo.

SEITA 101

— Manda um beijão para sua mãe.

* * *

Acordo no dia seguinte, me levanto. Espremo seis limões, que dão um copo e meio de suco, e tomo de uma vez, em jejum. Era o sexto dia da limpeza com os limões. A limpeza levava dezenove dias ao todo. No primeiro, você tomava um limão espremido, puro. No segundo, dois, e assim por diante, até chegar a dez limões, e depois voltava, nove, oito, sete, seis, até chegar a um limão novamente. A necessidade de limpezas está ligada à ideia de que você está sujo. Sujo de quê? Eu tinha virado vegetariana, só comia pão e queijo feitos em casa, quase não bebia, porque a ayahuasca realmente é incompatível com bebidas alcoólicas. Mas não importava a quantos rituais eu fosse, quantas vezes eu vomitasse, quanta salada e arroz integral eu comesse, eu estava suja e precisava me limpar. Ou precisava acessar algo profundo em mim, para uma mudança de padrão de comportamento. Virava e mexia, eu passava por esses processos. Já tinha feito kambô, que é a aplicação de veneno de sapo na pele aberta, para fortalecer o sistema imunológico. Tinha uma terapia, não lembro mais o nome, que consistia em enfiar o dedinho da mão no nariz de outra pessoa. Dava uma dor aguda, mas a permanência da dor fazia o corpo relaxar, e dizia-se que era tipo um *reset*, que zerava o sistema nervoso. Às vezes, eu ia tomar passes no centro espírita, às vezes, ia receber johrei, canalização de energia pelas mãos. Fiz iniciação em reiki. Tomava florais contra ansiedade e baixa de energia. Tinha uma garrafa de água de cachoeira energizada, que tomava todos os dias de manhã. Uma vez fui atendida individualmente por um xamã de uma linha celta. Ele tinha dois dentes na boca, era alto, muito magro, usava um chapéu de pano e entoava cantos druidas. Pedia para levar uma maçã.

— Eu vejo um duende que te acompanha — disse ele, como se fosse muita sorte a minha. — Sim, ele te acompanha. Você sente?

— Acho que sim. Sim, sinto sim. A gente riu.

— É uma proteção.

Então, ele abaixou a cabeça e tapou os olhos com as mãos.

— Não sei. Não. Estou sentindo uma coisa. Não sei. Estou sentindo que... Estou recebendo uma mensagem dizendo que devo fazer sexo anal com você.

Levantei as sobrancelhas.

— Não — respondi, baixo, delicadamente. — Não. Acho que vou embora agora. Eu devo deixar a maçã aqui?

— Você quer me dar a sua maçã?

— Si-sim.

Agora, a gota d'água mesmo, foi a hidrocolonterapia. Mas eu conto isso depois.

Felipe acorda e esquenta água para um chá.

— Bom dia.

— Gente, que pataquada ontem. Alma e sua sede de poder, você sabe...

— Oi? Como assim?

— Estávamos eu, ela, Helena, Yara, Daniela, Beto e Edna. Estavam decidindo o que fazer, já que Daniela e Yara tinham recebido mensagens do mestre, ele tinha se comunicado com elas. Helena diz que a resolução é que ninguém pode entrar em contato com o mestre no plano astral, que o único canal é Alma, que é o mais puro, o mais elevado, e meio que diminui a experiência das outras. Ou seja, é tudo balela, essa coisa de que todos têm acesso, de que a conexão é direta e tal. A ideia, na verdade, é que Alma tem mais conhecimento e sua conexão é mais confiável. Existe uma hierarquia clara, e ela está no topo.

— Você não pode me contar essas coisas. O trabalho é secreto. Não posso avaliar, eu não estava lá, essa é uma interpretação sua. O Portal não é sua rede de ioga. Não confunda as experiências.

— Paula, você não vê? Não é evidente? Ela é o centro de tudo. Sabe o que ela me disse, rindo? Que o sonho dela é fazer um ritual no Moulin Rouge, em Paris. E que ela está treinando João para entrar na política. Esse é o naipe daquela pessoa.

— Para, Felipe. Se você não se sente conectado ao Portal, não vem me envenenar. É o meu caminho. Não vou admitir que você fale assim de Alma.

— Paula...

— É sério. — Agarro a bolsa vermelha que tinha pegado por engano na aula de ioga e saio, batendo a porta atrás de mim.

Alma está em pé, em frente à sua cadeira, no meio de um ritual.

— Vocês querem que eu explique o valor da ayahuasca?

— Alma aponta para Lúcio. — Lúcio, o preço do garrafão aumentou, não aumentou? O que eu vou fazer? Enquanto não tivermos nossa própria produção, a gente tem que aumentar aqui quando eles aumentam lá. Agora eu pergunto para vocês: quanto custa esse resgate? Quanto custa a sua devoção a Deus? Dá para mensurar? Quanto vale o seu contato com o divino, esse amor, essa força, essa luz? Estão reclamando do preço do trabalho? Eu vivo para isso, gente. Vocês já pensaram no tempo que gasto preparando, organizando, estudando? Eu recebo vocês na minha casa. Olhem para como estava a vida de vocês e para como está agora. Quanto vale isso, gente? Minha vida é isso. Qual é o sentido de fazer qualquer coisa que não seja devotada a Deus? Vocês vêm aqui, rezam, pedem, agradecem e depois acabou? Quando vocês vão para suas casas, acabou Deus? Vocês não entenderam nada. Isso aqui é o princípio de tudo, é o que rege tudo. Quanto vale acordar para a vida? Olhem aí, na rua, um monte de gente dormindo, vagando sem rumo, sem porquê, um monte de gente perdida. É isso que vocês querem? Voltar para o sonambulismo? Essa é a realidade, o mundo aí fora é ilusão. Comer, beber, trepar, dormir, é só isso? Pra quê? Vocês estão com a chave do portal nas mãos. O que vocês vão fazer? Quem foi? Quem foi que falou?

João se levanta timidamente.

— Eu só comentei que todos deveriam poder entrar em contato com essa bebida sagrada.

— Olhe para você — disse Alma. — É por isso que sua vida não vai para a frente. Desempregado, sozinho, não tem amor, não tem gratidão, não reconhece a verdade quando ela está na sua frente.

— Perdão.

— Pedir perdão para mim não resolve nada. Peça perdão a Deus, que te ofereceu essa chance, essa possibilidade de estar na linha, no caminho da verdade. Ajoelha.

João resiste. Alma, sob a influência do mestre, se aproxima dele.

— Ajoelha e pede perdão. — João se ajoelha, chorando.

Permaneço em silêncio, assistindo meu amigo ser humilhado.

— É uma lição para todos vocês. Tem que ter disciplina, tem que ter humildade. Diante de Deus e seus enviados, vocês têm que ter muito respeito. No chão, todos no chão! — esbraveja Alma.

Todos obedecemos, deitando-nos com a cara no chão de terra. Ao final do ritual, passeio com Alma pelo jardim do sítio de Gustavo. Peço a opinião dela sobre um convite que recebi de um amigo, Vander, para conhecer outro grupo, uma linha ayahuasqueira ligada à tradição indiana.

— É um absurdo! Vander enlouqueceu de vez. Agora ele diz que é mestre espiritual, que cedeu seu corpo integralmente ao seu mestre, que deve ser chamado apenas pelo nome do mestre. Pirou. Eu não recomendo, mas vá lá ver e depois me conta. Me conta se ele fica acima das pessoas, literalmente, se ele tem um palco, um altar. Isso diz tudo. Não pode. Aqui, a roda, é isso, estamos todos no mesmo nível. Não tem essa. Uma pessoa não é mais evoluída porque toma ayahuasca há mais tempo. Tem gente que na primeira vez já se mostra em outro grau de evolução. Há conhecimentos profundos dentro da gente, que a planta nos faz acessar. Não tem motivo para ir a outros trabalhos com ayahuasca. Aqui você tem tudo. O que você poderia encontrar em outro lugar? O que procura? O que eu penso, o que eu penso mesmo, com as revelações que recebi, um dia vou contar em um livro. Nossas almas podem encarnar em mais de um corpo ao mesmo tempo. São as almas gêmeas. Eu tenho uma alma gêmea e me comunico com ela por telepatia e por e-mail. Ela mora na África.

Levanto as sobrancelhas.

— Olha para a gente... O ser humano é um bicho muito feio; se você olha distanciado, é muito feio. O que sei é que nós somos um cruzamento com extraterrestres.

— Nossa, é muita coisa para assimilar. Não consigo entrar em contato com essas informações agora.

— É, menina, tem muita coisa, tem muita coisa.

— Você conheceu Fábio, amigo de Felipe? Ele veio hoje pela primeira vez. Fábio! — Eu o chamo, tirando-o de uma roda de amigos. — Ele é psiquiatra.

— Oi — diz Alma. — Você precisa conhecer o Dedé.

E assim Fábio conheceu André, o Dedé. Em pouco tempo começaram a trabalhar juntos e em pouco tempo passei a invejar sua intimidade com Alma e Helena. Dedé se dizia médico, mas não era formado em medicina. Tinha passado dois anos afastado dos rituais, por algum desentendimento entre ele e Alma, mas agora estava de volta, e Alma estava muito feliz com esse retorno. Dedé começou a aplicar hidrocolonterapia.

A hidrocolonterapia é uma prática de limpeza dos intestinos. Ele fazia dez sessões, e em cada sessão colocava mais água num tubo ligado ao ânus do paciente. A intenção era limpar placas de merda que, segundo Dedé, guardavam informações traumáticas ou tóxicas ou padrões comportamentais antigos.

Quando crê numa religião, você coloca sua fé em um deus e deixa de acreditar em vários outros. Você é cético em relação a esses outros deuses. A diferença entre um ateu e uma pessoa religiosa é a falta de fé em apenas um deus a mais. As pessoas acreditam em muitas ficções. Por que acreditam em umas e não em outras é uma coisa que me intriga muito. No caso do Portal, todas as crenças eram bem-vindas, então, se eu acreditava numa coisa, por que não acreditar em todas?

Fábio levou Nuno, um cara ligado à umbanda, com quem ele estudava ocultismo, magia. Fábio era uma pessoa muito calada, não sei se muito tímido ou muito sério. O silêncio dele me intimidava e me atraía ao mesmo tempo. Sei que ele se encontrou em sua primeira vez no Portal. Tinha uma presença brilhante e forte, que chamou a atenção de Alma. Nuno era mais velho, uns cinquenta e cinco anos, um cara aberto, engraçado. Desses que emendam um monte de assuntos e parece que nunca mais vão parar de falar. Quando ele começava, eu já sentia um sufoco por dentro, ia murchando, envesgando, pensando em como ia conseguir escapar dali. Alma lhe dava muito valor, ele era líder de um grupo grande. Participei de um diálogo dele com Alma sobre sacrifícios. Alma disse que a prática não era mais necessária e que o Portal não matava animais para oferecer às entidades. Ela disse que, num dos primeiros trabalhos que realizou, um ser lhe apareceu pedindo um animal morto, e então ela mentalizou Jesus na cruz e disse mentalmente à entidade que Jesus já tinha derramado todo o sangue por nós e que esse sangue deveria ser suficiente para sempre.

— O que acontece? Você é energia — respondeu Nuno.

— O mundo é energia. A tua energia é uma essência limitada em termos de velocidade perceptiva pro conjunto planetário. E tudo o que você considera mundo não é mundo. O que é a percepção do ser humano? Eu vou entrar um pouquinho no Castañeda, porque a exposição do Castañeda é mais clara. Nós somos um conjunto de energia limitado pela nossa própria velocidade, que entra em contato com infinitas emanações que nos cercam. Você é um trechinho delas. Basicamente, é isso. E você entra em contato com emanações por meio de um ponto, que é o ponto de aglutinação, o que te põe em contato com o universo. Quando você atua, o teu ponto de aglutinação se move e se integra com energias que te despertam um estado "x", que possibilita a você interpretar você mesmo por meio daquele aspecto que você está, vamos dizer assim, formatando. Deu pra entender?

Estou ficando vesga. Cutuco o canto da unha, levanto uma pelezinha. Ele continua:

— Mas acontece o seguinte, com todas as formatações: ninguém consegue formatar igual. O problema da particularidade é que todo particularismo é uma manifestação de inexatidão. Claro, você só contata aquilo que te cabe. Só que você convive com trilhões de particularismos, vamos dizer assim. E o universo que você vê, é só você que o vê. Ninguém vê. O particularismo é extremamente isolado, solitário. O ser humano é uma criatura muito solitária. Então ele é uma particularidade, existe para alguma função, mas quer voltar à sua essência, que é o todo. Então ele quer comunicação. Ele não quer só eu e eu e eu e eu. Ele até quer ser o eu principal, mas desde que exista um monte de gente aplaudindo. Certo? Pra conseguirem viver bem essas percepções particulares, criaram um código de tradução simplificado da realidade. Então você determina que aquela percepção lá é uma árvore. Na verdade, a árvore que você vê e a que eu vejo são absolutamente diferentes, mas nós aqui convencionamos que estamos vendo a mesma árvore.

Passo a língua atrás dos dentes, mordo a língua com o canino repetidas vezes.

— Então, vamos dizer assim... A gente diz: "É uma árvore, isso é real". É real porra nenhuma, não tem nenhuma árvore ali, são emanações, emanações, emanações. E, nesse jogo, você se acostuma a viver falsificações. Porque a árvore que você vê não é a árvore que você vê. Então, dali a pouco, você já começa a viver uma farsa. Relacionamento, sabe? Um dos maiores cuidados que uma mãe tem que ter com seu filho é não imbecilizar a percepção dele. Então, essas ilusões, essas coisas formadas costumam atuar em você por condicionamento. Durante anos e anos e anos, você vai gravando coisas. Essas coisas estão lá e passam a atuar na tua vida. Coisas que não têm nada a ver com você. Por exemplo, um carro. Você está de carro, aí um cara te fecha, faz uma cagada lá e te fecha, só que na tua cabeça tem um condicionamento te dizendo que o cara que te fecha é um filho da puta, então você vai: "Filho da puta, tomara que você se estoure no poste!". Você não viu que ele passou, tinha uma criancinha do lado, e você desejou que ele se explodisse no poste. Foi você? Não. Foi teu condicionamento, porque, evidentemente, se a criança se explode no poste, fodeu. Mas você diz: "Sim, eu sou esse condicionamento e foda-se". Nós somos vítimas dessa bosta que é chamada de humano. Bom, então você tem uma necessidade de se vincular com o divino. E existem métodos de integração de energia diversos. O africano não é cristão, então ele não tem aquela baboseira de ser um piedoso. Ninguém é piedoso, porra, sabe? Pra você ser piedoso, você precisa ser bom pra cacete.

Tento sentir o espaço que o globo ocular ocupa no meu crânio.

— São Francisco, que era São Francisco, era xarope sifilítico, não era santo. A sífilis pegou a cabeça dele. Era um devasso antes de virar santo. Só que, quando você fala com uma entidade, não tem ilusão. A divindade, o todo, qualquer manifestação do todo, um manifesto em qualquer cultura, sua manifestação pode ser cultural, mas sua essência não é cultural. Então, o que acontece quando você vai fazer um trabalho? Todas as plantas, todas as pedras, todos os movimentos do ar, todos os movimentos da água são forças manifestando a natureza. E essas manifestações da natureza são diretas. Não morrem. Você não consegue matar um bicho; na realidade, você não consegue matar nenhum ser

humano, porque nós também somos parte de uma alma-
-grupo. E qual é a nossa alma-grupo? É essa que a gente fala
que está tão fodida, a humanidade. Mas então você vai fazer
um contato. Cara, a tua mente nunca vai chegar em Deus,
porque o Deus que você imagina já é um condicionamento.
Então, vou fazer um trabalho só com a força do amor. Ok,
faz. Aí, no meio do trabalho, você está lá e passa pela sua cabeça uma pizza de calabresa. E agora? Vai oferecer uma pizza
de calabresa pra entidade? Hã? A interpretação é aquilo que
você emite. Então, quando você tem um corte, a emissão
do corte vai depender da firmeza do indivíduo na fé que
ele tem em que aquela entidade existe. Não do que ele está
dizendo. Porque ele só precisa de um segundo. Na hora que
cortou, ele está transferindo o fluido vital de um animal, ou
seja, é uma manifestação do todo no mundo concreto, pra
fazer um canal, esvaindo ou fluindo vida para a vida como
um todo, e não tem como você interferir. Então a energia
chega. E o contato é feito. E não tem adaptação. Depois é ca-
marinha, você vai ficar trancado lá pensando em pizza de
calabresa. Então, o motivo de a coisa existir é muito nobre.

Para não deixar o pensamento vagar desgovernado, eu
inventava jogos. Um deles eu chamava de jogo da edição da
vida. Fechava os olhos, movia a cabeça e olhava para qualquer lugar. Reparava no quadro que se formava à minha frente, normalmente desalinhado, um pedaço de cadeira, parede branca e uma tomada, por exemplo. Fechava os olhos de
novo e virava para outro lugar e assim por diante, de piscada
em piscada, editando o mundo. Eu estava fazendo isso na saí-

da de uma aula de kung fu. Olho para o céu azul. Pisco. Olho para a placa da rua. Outra piscada. Minhas mãos. Piscada. A chave do carro caída no chão. Piscada. A porta empenada, janela estilhaçada. Merda, arrombaram meu carro e levaram meu som. Vasculho minha bolsa, merda, esqueci o celular em casa. Por sorte, Fábio, o psiquiatra amigo de Felipe, estava passando por ali e me dá carona até minha casa, de onde eu podia ligar para meu pai e pedir que me ajudasse. Aquele silêncio de Fábio. *Pensa alguma coisa, pensa alguma coisa interessante, pensa alguma coisa inteligente.*

— Você estava naquele trabalho em que Yara recebeu um exu? — Fábio me salva.

— Nossa, você estava naquele dia?

— Nunca fiz tanta força para segurar o riso. Meu Deus, achei que fosse explodir.

— Foi difícil.

A risada mostrava outro lado de Fábio, despachado.

— Ela disse para Daniela: "Dê logo esse cu, não seja tão retraída, vá viver a vida!". Disse para Helena: "Já afinou o nariz, agora para de esticar essa cara. Vai botar silicone até na bunda?". E para as duas: "Essas duas, uma chupando a boceta da outra! Meu Deus!".

— Alma acertando o maracá na cabeça dela!

— Elas são duas loucas, né? Nossa, Helena é tão forte e tão frágil ao mesmo tempo.

— Acho que a gente não devia falar assim, né? Cuidado.

— Pelo amor de Deus, Paula, você é uma artista ou não é? O trabalho tem coisas maravilhosas, mas as duas são muito caretas.

Chegamos ao meu prédio, e eu disse a ele, abrindo a porta do carro:

— Não é legal falar assim, Fábio. A gente pode falar sobre tudo de outras maneiras. Não é bom abrir essa porta de agressividade. Como anjos que somos, temos que preservar as duas pessoas mais importantes do Portal.

— Cuidado com essa caixinha onde você está se enfiando. — Nessa hora, uma abelha passa e pica a boca dele. Bem no lábio inferior. Ficamos em silêncio, espantados.

— Obrigada pela carona. A gente se vê — digo, finalmente, e entro no meu prédio.

Estávamos fazendo compras no supermercado, Felipe e eu. Quando passamos pela ala do sabão em pó, ele se ajoelhou.

— Quer casar comigo?

Fizemos uma festa de casamento para trezentos e cinquenta e seis convidados. Uma semana antes, estávamos os dois numa lanchonete, eu mastigando uma salada de rúcula com queijo brie e nozes, ele, um crepe de espinafre.

Ele:

— Você me ama? Eu:

— Não. E você?

— Também não.

Não sei de onde vinha isso, mas eu tinha uma sensação de responsabilidade com relação a Felipe. Não sei se era a culpa por causa da história do carnaval em Salvador, mas eu sentia que ele precisava de mim, que nós tínhamos que viver aquela história, tínhamos coisas para resolver de outras vidas. Acho que ele sentia a mesma coisa por mim. A gente tinha essa ideia de um casamento como o dos nossos pais, e talvez quiséssemos viver essa fantasia, mas o certo era que nosso amor variava como a lua, e às vezes não sobrava nada dele no final de um dia.

A essa altura, eu tinha contado para os meus pais sobre o Portal. Minha mãe disse: "Não gosto dessas coisas". Meu pai perguntou: "Mas por que tem que tomar o chá?". Eu respondi: "O sacramento é um transporte provisório. Com o tempo, vamos aprender a acessar o plano espiritual diretamente".

A cerimônia do nosso casamento incluiu uma meditação coletiva. Imagine minha avó, minha madrinha, todos os tios e primos de Sorocaba, com as mãos esticadas entoando "oooommmm" durante um minuto. Uma amiga nossa, Samira, uma monja vaishnava, uma religião prima dos *hare krishnas*, fez o papel de padre. O que fez meus pais questionarem: "Uma mulher? Mas Deus não é homem?". Também teve uma dança indiana, e os músicos do Portal tocaram e cantaram hinos e pontos de umbanda, especialmente para Santo Antônio.

Samira era uma ex-namorada de Felipe. Tinha uns quarenta e cinco anos e praticava ioga bem antes de entrar na moda. Na década de 1980, ela se apresentava em programas de auditório com um número de ioga e dança, ao lado de um cara vestido de robô. Ela se casou com Hugo, um homem também vaishnava, ou adoradores de Vishnu, uma divindade do hinduísmo. Por meio de Samira conheci um pouco da mitologia indiana e suas representações complexas das paixões humanas. Há histórias de roubo de esposas, vinganças,

SEITA 115

assassinatos cruéis, sanguinários. No dia de seu casamento, Samira desceu a avenida Rebouças em cima de um elefante. Era expansiva, performática. A vaishnava é uma religião muito rigorosa, especialmente com relação ao adultério. Quando traiu Samira, Hugo foi obrigado a virar monge e fazer um voto de celibato até o fim da vida. Ela conseguia manter o mosteiro que tinha construído na região de Canela, no sul do país, fazendo leituras de mãos. Leu as mãos de inúmeras celebridades, entre elas Raul Seixas.

Passamos a lua de mel na Itália. Quando voltamos, a família de Felipe já tinha feito a mudança de meu apartamento para uma casinha de vila na Pompeia. Uma rua com doze casas coloridas e um jardim ao fundo, com uma horta, uma jabuticabeira e uma amoreira. Felipe trouxe também Sião, um vira-lata que ele tinha deixado na casa de Fábio ao mudar para meu apartamento.

Fantasia

Agora eu frequentava os trabalhos quinzenais, o grupo de músicos e o Comando Fênix e estava entrando para um grupo de estudos sobre xamanismo e hinos, tendo Roberto como instrutor.

O Comando Fênix reunia um número restrito de pessoas e envolvia um ritual secreto. Nos encontros, aprendíamos rezas e hinos para serem mentalizados quando algum membro ou parente fizesse a passagem da vida para a morte. Além disso, visitávamos velórios em pontos considerados críticos da cidade de São Paulo, com o intuito de encaminhar espíritos desencarnados, que não sabem que morreram e vagam perturbando os vivos.

No grupo de instrução, estávamos lendo *Formas de pensamento*, de Annie Besant e C. W. Leadbeater. Escrita no começo do século XX, a obra aplica uma linguagem científica ao esoterismo; os autores garantiam que tudo o que estava ali era resultado de experimentos práticos. O livro diz que nossos pensamentos geram um tipo de matéria que fica plasmada no mundo oculto e que, portanto, é preciso pensar com responsabilidade.

— Paulinha, você está indo muito bem. Como foi a iniciação às letras do seu nome? — pergunta Helena, ao final de um desses encontros, nos quais tomávamos apenas uma colher de ayahuasca.

Helena era uma atriz maravilhosa, muito potente, visceral, louca. Um acontecimento, uma força da natureza. Já tinha feito cinema e agora estava dedicada a trabalhar na televisão, mas ainda não tinha conseguido uma oportunidade.

— Foi interessante. Eu percebi que a letra "p" tem um movimento de recolhimento e depois um impulso. O ensinamento da letra "p" é o de que há um momento de retração, de análise, antes da ação, e então o impulso te leva para a frente, na direção certa.

— Isso é poder. Tudo dá poder. Estudar um livro, estudar um hino, isso é poder. Mas o poder, em última instância, o poder é de Deus. E, se você acessar alguma coisa, é porque está acessando alguma coisa de Deus. O poder tem dono. Você pode desfrutar da bênção, do poder espiritual, se você se entregar. A personalidade é quase nada, é nada, é uma ilusão. Nós somos um canal para a criação divina se manifestar na Terra. Mas tem que se aprimorar, trabalhar, merecer. Quanto mais canais você consegue abrir, mais a manifestação da pura arte pode te atravessar. Então, a partir de agora, você está sendo iniciada nos caminhos secretos das musas. Em cada trabalho te darei a chave para a conexão com uma delas. Você se concentra, pede por esse segredo. Por que o segredo? Porque, para chegar aqui, você mereceu, trilhou um caminho, agora e antes e antes de antes. Nada acontece à toa, esse encontro estava marcado. Guarde esse segredo no seu coração e peça por esse conhecimento. No começo de cada trabalho, evoque uma musa e só passe para a próxima quando sentir que detém esse saber.

Eu me dedicava seriamente aos estudos, queria ser a melhor aluna. Abro meu caderno de anotações dos trabalhos e anoto enquanto ela dita:

— Aglaia é a claridade, o esplendor, a beleza. O poder de conferir aos artistas e poetas a habilidade para criar o belo. Calíope preside a poesia épica. Clio é a história. Polímnia é a retórica. Euterpe é a música. Terpsícore é a dança. Erato é o canto coral. Melpômene é a tragédia. Tália é a comédia, a que faz brotar as flores, o desabrochar. Urânia é a astronomia.

— Helena, estou sentindo uma coisa estranha nos trabalhos. Tenho tido visões de acidentes de carro. Quando estou num carro, sinto medo de uma batida. Algo me diz que vou morrer num desastre de automóveis — digo, vacilante.

— Negocie com as entidades. Você pode mudar a sua morte. Negocie com elas na fogueira.

Eu me sentei em frente ao fogo, concentrei-me e vi mulheres dançando entre as labaredas. Perto de mim estavam Beto e uma moça que tinha acabado de entrar para o Portal. Eu a ouvi perguntar se Alma recebia o mestre em todos os trabalhos e Beto dizer que não. Não? Mas sempre havia o momento da fala do mestre nos rituais. Volto a olhar para o fogo, a dança das chamas me tira daqueles pensamentos.

Minha mãe estava feliz porque Juliana também iria se casar e brincava com meu cunhado, Luiz, dizendo que finalmente os dois deixariam de viver em pecado. Organizaram uma festa simples, mais para balada que para festa de casamento. João, meu amigo que é ator, foi comigo ao casamento; Felipe estava em Nova York, num curso. Tinha largado a bolsa de valores e estava começando a se dedicar ao cinema. João estava numa onda oriental, tinha passado dois meses estudando dança na Índia. Foi à festa da minha irmã vestindo turbante, uma bata preta e tinta vermelha no terceiro olho. A gente se divertiu muito quando os parentes começaram a fazer fila para pedir sua bênção e que ele lesse suas mãos. Para se tornar um guru não é preciso muito, apenas uma fantasia.

Alma organizou um trabalho secreto, às pressas, e chamou quem já estava no Portal havia algum tempo e quem fazia parte do Comando Fênix. Sua mãe, Maria Luíza, a dona Marô, estava muito doente, internada na UTI.

— Alguém gostaria de me ajudar fazendo o papel de minha mãe?

Eu me levanto e vou com Alma até um quarto pequeno nos fundos de sua casa. Ela então encaminha o trabalho para um tipo de constelação familiar.

— O que você está sentindo? — pergunta Alma. — Comece a dizer tudo o que vem à sua cabeça.

— Estou cansada, muito cansada. Estou com sono. Meu corpo está pesado — respondo.

— Onde é o foco desse mal-estar?

Passo as mãos na barriga, perto do estômago.

Alma para na minha frente com um charuto e dá baforadas na minha barriga, tocando um caxixi.

120   PAULA PICARELLI

— Continue.

— Ainda me sinto mal. Estou fraca, não consigo me mover. A morte me ronda, mas não quero morrer.

Começo a arrotar. Alma se ajoelha.

— Senhor, tende piedade, Senhor, piedade dessa boa alma. Traga a cura para essa senhora que devotou a vida a Ti. Meu Pai, poderoso, derrama sobre nós a sua cura, eu te peço, meu Deus, eu te imploro, meu Pai, lava nossas dores, lava nossas almas. Estou aqui, diante de Ti, e peço humildemente, meu Pai. Estou a Teus pés. Misericórdia, meu Pai, misericórdia.

Então, Alma colocou uma das mãos sobre minha barriga e arrancou de lá uma energia. Vejo um bicho verde esperneando em suas mãos. Eu me sento e me sinto bem.

— Estou bem. Frágil, mas estou bem.

Na semana seguinte, a mãe de Alma, dona Marô, saiu do hospital. Ela viveu muito bem por mais sete anos.

Então, Beto diz que eu podia começar a me preparar para virar instrutora. Fico feliz com o reconhecimento de minha dedicação ao Portal. Beto tinha começado a namorar Teresa, uma fotógrafa que fazia trabalhos importantes sobre gênero e sexualidade. Ela tinha feito uma série bem interessante com travestis da região do baixo Augusta. Tinha a voz rouca, era toda tatuada, os cabelos eram lisos, compridos, usava camisetas de bandas de rock. Os dois se tornaram um casal modelo no Portal, ela sempre ao lado dele.

Penso no que eu havia aprendido até então, nos princípios do Portal da Divina Luz. "Ayahuasca", do quíchua, quer dizer "cipó dos mortos", "cipó dos espíritos" ou "vinho da alma". Os preceitos do Portal tinham influências do espiritismo, do cristianismo, da umbanda, do xamanismo e do esoterismo. Acreditávamos em vida após a morte, que muitas pessoas morrem e não sabem, e as almas ficam perdidas, vagando por aí, precisando de ajuda. Que almas vagam de propósito, assombram e habitam corpos desabitados, e essa seria a principal causa dos males no mundo, e que as almas podem reencarnar em mais de um corpo ao mesmo tempo, criando as chamadas "almas gêmeas". Alma se comunicava com um mestre espiritual, descendente dos incas. Usávamos a cruz *ankh*, egípcia, que simboliza a eterna reencarnação. Adotamos o calendário maia e celebrávamos o ano-novo em vinte e cinco de julho, um dia fora do tempo para os maias. Consultávamos e estudávamos também astrologia e numerologia. Acreditávamos que o planeta Terra era o lugar onde os seres humanos decaídos foram colocados como uma forma de punição e que existia outro planeta onde os seres humanos mais evoluídos viviam. E que estava para acontecer, ou já estava acontecendo, um balanço, em que as pessoas que estavam "na linha" iriam para esse planeta perfeito, e quem não estivesse "na linha" iria para um lugar pior do que este nosso planeta. Nesse sentido, éramos todos "degredados filhos de Eva". Acreditávamos que todas as coisas eram animadas, tinham vida, tudo, todos os objetos. Acreditávamos que os pensamentos concretizavam energias e que era necessário vigiá-los. Acreditávamos em Deus, Jesus, Nossa Senhora, nos orixás. Todas as religiões eram aceitas, bem-vindas. Acreditávamos em telepatia e outros poderes paranormais. E que Blavatsky tinha a capacidade de viajar pelo plano astral para qualquer lugar. Diziam que fora assim que a escritora russa entrara na biblioteca do Vaticano e tivera acesso aos seus livros secretos.

Todos os livros da bibliografia do Portal eram estudos de religiões ou livros esotéricos. Não estudávamos as fontes, digamos, originais, como a Bíblia e livros sobre mitologia africana e grega ou sobre a cabala. Talvez fossem usadas obras que estavam dentro das capacidades de Alma, que claramente tivera pouca instrução. Nossos conhecimentos eram como os quadros de caça de minha mãe, trazidos pelo Chan, e chegavam a nós não se sabia como nem de onde.

Eu estava arrumando uma caixa da época da mudança, com alguns objetos de infância dos quais eu não conseguia me desfazer, boletins de colégio, um diário, um bloco florido com mensagens de amigos e professores da terceira série. Encontro um caderno pequeno, de capa verde, com alguns poemas que escrevi aos nove anos de idade. Um deles começava assim:

Uma chuva fina cai na minha casa
Num arco-íris
De sete cores
Pássaros batem asas
Pra chegar num jardim cheio de cores.

O poema era parecido com um dos hinos do Portal. Eu me emociono ao lê-lo e começo a ouvir uma melodia, um ensinamento. Eu tinha me iniciado no teatro fazendo o papel de Nossa Senhora e tinha escrito, aos nove anos, um poema que já me conectava ao Portal. Eu estava predestinada. A gente estudava animais de poder, e eu lembrava que meus pais me contavam que, quando eu era pequena e ainda não ia para a escola, eu vestia o uniforme de uma prima e dizia que ia para a escola Cavalo-Marinho, no quintal da nossa casa. Minha mãe dizia que todos os dias eu contava histórias dos mesmos amiguinhos imaginários. A continuação da música veio em seguida.

Cavalo-marinho
Cavalga as ondas do mar
Cavalo-marinho
Cavalga as ondas do mar

Ensina sua paz
Santa sabedoria
Ensina seu amor
Santa sabedoria

Cavalo-marinho
Ensina a criança a cantar
Ensina a conhecer seus amigos
Cavalo-marinho
Cavalga a escola do mar
Pra trazer para nós santa sabedoria.

Tempestade

Nesse momento já participavam do Portal da Divina Luz entre sessenta e oitenta pessoas por sessão. Os integrados, inclusive eu, assinavam um documento de comprometimento. Era necessário expandir, então Roberto começou a se preparar para abrir, em Porto Alegre, o primeiro portalzinho, que era como começamos a chamar nossas filiais.

A cerimônia de consagração do novo dirigente foi num tom grave. O teatro de Renata estava todo arrumado, iluminado por velas e tochas. Os integrados sentados numa arquibancada. Em frente, uma mesa comprida com uma toalha branca e, no centro, apenas a cruz *ankh*. Helena, Alma, Edna e Gustavo sentados. Senti falta de Nuno. Beto entrou, estava nervoso. Todos já tínhamos tomado o sacramento, todos estávamos em transe. Ele para em frente à banca, ajoelha-se e diz:

— Devoto minha vida a essa força, a essa luz. Coloco minha vida à sua disposição, mestre, e peço sua bênção. Quero que o Portal da Divina Luz me aconselhe, me abençoe, me guie para que eu possa guiar outras pessoas nesse caminho sagrado. Amém, amém, amém.

Alma, sentada à mesa, diz:

— Você está preparado para dar esse passo? Beto responde:

— Sim.

— Vamos começar a sabatina.

Então, Alma, Helena, Edna e Gustavo fazem perguntas a Beto sobre todo o conteúdo estudado, perguntas específicas sobre o *Livro dos espíritos*, sobre o que fazer quando um obsessor se apresenta. Perguntas sobre toda a literatura exigida para se tornar dirigente: *O yin e o yang, Escola de cabala, Xamanismo*, entre outros. Também é questionado sobre a ritualística do Portal, como equilibrar as forças no espaço, como realizar o passe que passamos a dar em todos antes de cada ritual. Beto se sai muito bem. Alma se levanta, vai até ele com uma pena de condor na mão e faz um gesto como a bênção a um cavaleiro, tocando a pena em cada ombro de Beto.

Depois disso, foi tudo muito rápido. Lúcio abriu um portalzinho em sua casa de praia, no Guarujá, e Edna abriu um no bairro da Saúde. Em um ano, já havia sete portais espalhados por São Paulo, Minas Gerais, Rio de Janeiro e Porto Alegre.

Minha mãe foi acompanhar minha avó, mãe de meu pai, durante uns exames em um hospital. O médico olhou para ela e disse:

— Sua sogra está bem, mas quero dar uma olhadinha na senhora.

Ela estava com câncer. Tinha pelo menos vinte anos que minha mãe não ia a um médico, e, quando descobrimos, a doença, que surgira nos intestinos, já tinha avançado para o fígado e os pulmões. Juliana e eu desconfiávamos de que seu medo de médicos tinha alguma relação com meu avô, que era farmacêutico e que não chegamos a conhecer. Não havia outra explicação para o comportamento de minha mãe e seus nove irmãos. Todos evitavam médicos. Imagino os olhos de criança de minha mãe vendo aquelas seringas antigas, com agulhas grandes e grossas.

— Sonhei com seu tio — disse-me minha mãe, displicente. Era um domingo morno, em frente à televisão.

— É mesmo, mãe?

— Tonico me apareceu e disse que me levaria com ele.

Eu me assusto. Era a primeira vez que ela falava de tio Tonico desde a morte dele.

— Mas eu disse que não, que não queria ir com ele ainda, que queria viver.

Dona Ione disse aos médicos que não queria saber detalhes sobre a gravidade do seu quadro. Numa reação súbita e inesperada, disse que ia lutar com todas as suas forças e que faria tudo o que os médicos mandassem. A doença a tinha despertado novamente para a vida.

— Você não acredita no que aconteceu.

A sacerdotisa me abraça, com seus olhos lânguidos e seu sorriso hipnotizante. Quer dizer, ela segura minhas mãos. Quer dizer, ela me encara a um braço de distância.

Era o final de um trabalho, eu ainda estava pegada de ayahuasca preta. Era a terceira vez que participava de um ritual naquela semana. Este último fora marcado meio em cima da hora. Tínhamos sido convocados a participar de um trabalho secreto para estudar o estatuto, na casa de Eduardo e Alice, o advogado e a *performer*. Eram um casal elegante e tranquilo e moravam numa bela casa na Vila Madalena. Nós nos reunimos também para assistir a alguns vídeos. Alice vinha experimentando registrar alguns trabalhos, principalmente os especiais, o ano-novo maia, o aniversário do Portal. Ela tinha uma produtora e, junto com Gustavo, conseguia equipamentos de qualidade para as gravações, uma câmera excelente, boa captação de som. Alice tinha um ótimo olhar para fotografia, as imagens eram bem bonitas. Teresa, esposa de Beto, também se envolvia. Helena, assim como outros atores, inclusive eu, preferia não aparecer. No início dos rituais, quem não se importava em aparecer nas gravações assinava um termo de autorização de uso da imagem.

— Doei cem mil reais ao Portal da Divina Luz — diz Helena. — Há tempos sentia que tinha essa dívida. O Portal me deu tudo o que sou. Você sabe como foi quando conheci Alma? Senta aqui.

A gente se sentou numa varanda, em frente a um jardim.

— Alma sempre me conta essa história porque não me lembro de muita coisa. Ela e Beto me encontraram completamente louca, caída. Eu tinha passado a noite bebendo com um mendigo na porta do meu prédio. Toda esfolada, os joelhos em carne viva. Ela gritava: "Helena, Helena! Não dorme, olha pra mim, não dorme. Qual é o seu nome? Me diz. Que dia é hoje? Olha para mim. Helena, olha para mim. Perdemos ela? Fica com ela, faz ela acordar. Está babando?

Não deixa ela se afogar". Beto a ajudou a me botar no carro. Eles me levaram até o pronto-socorro, eu estava desacordada. Abro os olhos na cama do hospital. Não me lembro de nada. Só de Alma dizendo: "Se continuar assim, não te dou nem dois meses de vida. Você tem noção do perigo que está correndo? Eu tenho um caminho que pode te levar onde você quiser. Você quer continuar assim? Você quer continuar sem dinheiro para pagar as contas? Você quer continuar fazendo teatro para quarenta pessoas? Eu vejo a sua estrela. Posso te dar dinheiro, sucesso, o que quiser. Mas você tem que querer. O que você quer?". Eu só queria dormir. Eu me sentia fraca, meu corpo todo doía. É uma loucura, eu realmente não me importava com a minha vida. No dia seguinte, Alma voltou ao quarto. Isso me dava tanta tristeza. Os outros não apareciam, mas Alma ia lá todos os dias. Até que eu pedi e ela me ajudou. No primeiro trabalho que fizemos juntas, só nós duas e a planta de poder, passei tão mal que acho que vomitei toda a cocaína que cheirei na minha vida inteira. Tive um acesso de ira e, na loucura, joguei a cruz *ankh* no chão. Foi quando vi o mestre pela primeira vez. Era um amor, uma coisa que eu nunca tinha sentido antes. Eu me rendi de cara, no primeiro ritual. Ali eu soube que tinha que entregar minha vida, que por muito tempo, por tempos imemoriais, eu vinha procurando aquilo. Eu reconheci.

— Nossa, e foi uma transformação radical. Não consigo nem imaginar você louca de cocaína.

— Alma me disse que via uma multidão de pessoas que viria a segui-la e que o Portal estava destinado a crescer e prosperar. Então, juntei os cem mil reais e doei. Estou dura, não fiquei com nada. Agora, você não acredita. Na semana passada, a semana seguinte à doação, vê só... Na semana passada, a *Playboy* me ligou. E o cachê é de exatamente... cem mil reais. Ganhei todo o dinheiro de volta!

— Alta magia. — Rio, impressionada. Helena tinha uma força e uma graça, um poder com as palavras. Por um instante, fiquei só olhando para ela, encantada.

— Foi muito maravilhoso o trabalho de hoje. Abrimos um portal importante, com a força de todos. Um portal raríssimo, que só se abre a cada cento e oitenta anos. Nunca havíamos conseguido essa passagem. Nas outras oportunidades que tivemos, em vidas passadas, nunca havíamos conseguido atingir essa potência.

Continuo hipnotizada. Os cabelos curtos, castanhos. A sombra cor-de-rosa cintilante, combinando com o batom, o blush e a blusa de mangas bufantes.

— É um novo momento que se abre para o Portal e para todos nós. Temos que aproveitar. A doação é o canal para abrir o movimento de expansão.

Sinto uma coisa muito boa. Uma euforia. Damos uma boa gargalhada juntas. Helena nunca tinha me dado tanta atenção. Penso no apê que meu pai me deu. Ninguém estava morando lá, um desperdício de energia parada.

Lúcio tinha criado o grupo dos anjos, um espaço para trocarmos experiências e nos fortalecermos, já que os anjos eram responsáveis pela proteção do Portal no plano físico e astral. Eu já fazia kung fu e comecei a praticar aiquidô com ele na maior alegria. Lúcio era artista plástico, praticante de artes marciais e responsável pela compra da ayahuasca. Uma pessoa mansa, muito amorosa.

— O mito do super-homem define muito bem o que é o caminho espiritual. Um homem superior, que vem de outro planeta, tem superpoderes que devem ser escondidos, porque os mesmos seres humanos decaídos pelos quais ele luta podem destruí-lo. As pessoas de fora não entendem o que a gente faz. Por isso o segredo é tão importante. Os ensinamentos são para todos, a ayahuasca é para todos, mas nem todos são para a ayahuasca.

Isso era muito excitante, talvez alguns dos criadores de super-heróis escrevessem HQs inspiradas em experiências paranormais. Os superpoderes eram uma metáfora do desenvolvimento dessa sensibilidade. Eu estava dizendo isso quando Lúcio observou:

— Sim, a ayahuasca nos abre portas inimagináveis. Certa vez, ouvi "Something", dos Beatles, música que já ouvi mil vezes, mas tive acesso, naquele momento, à fagulha inspiradora da canção. Eu senti o que George Harrison sentiu quando compôs a música.

Os exercícios voltados ao desenvolvimento de habilidades paranormais consistiam, por exemplo, em tentar entrar em conexão telepática exercitando a capacidade de ouvir os pensamentos dos colegas. Como lição de casa podíamos praticar mentalizando vagas para estacionar o carro na rua.

— Eu adoro quando as pessoas normais são chamadas de "trouxas" no *Harry Potter*. Desculpa, mas é muito bom — disse Yara, rindo.

SEITA 131

— É muito triste as pessoas não terem acesso ao verdadeiro conhecimento e levarem a vida sem essa consciência — respondeu Lúcio.

— Ah, mas a gente pode rir de vez em quando, vai — falei.

— "Trouxas" é muito bom.

— O pior é quando a pessoa até vai ao Portal, mas a ayahuasca não se revela para ela. É como um castigo, é muito triste. Conheço muita gente com quem acontece isso. A pessoa toma e não sente absolutamente nada.

— Eu tenho pena.

— A gente com certeza já se encontrou em outras vidas. A gente vem praticando desde outros tempos.

— No último trabalho, a Alma... Vocês vieram? Você estava, né, Paulinha? — pergunta Lúcio. Ele acumula um pouco de saliva nos cantos da boca quando fala.

— Sim — respondo.

— Alma recebeu uma mensagem do mestre dizendo que é pra gente ficar forte e tomar muito cuidado com a saúde, porque tem umas doenças novas surgindo por aí, vírus e tal, que muita gente vai rodar no balanço. Parece que ela se conectou espiritualmente com os guardiões da Muralha da China. Nos nossos próximos encontros, vamos treinar a imobilidade para sentir a presença desses protetores no plano astral.

Então, voltamos a nos sentar em frente a uma fogueira, tentando mover a fumaça com a força da nossa mente.

— Paula, me ouça, só estou pedindo isso. Me ouça e depois tire as suas conclusões.

— Não quero ouvir você falar mal de Alma. Não vou permitir.

— Já vi isso acontecer. Ela diz que quer expandir o Portal, mas o que eu vejo é pura sede de poder. Quanto você já paga a cada sessão que frequenta? Vai pagar ainda mais?

— O que tem de mau em querer levar amor para mais gente? O que é mais importante no mundo? A gente ficar se distraindo com trabalhos vazios? De que adianta tudo o que a gente tem se isso não tiver ligação com o divino? O que a gente vai levar dessa vida?

— Você passa mais tempo no Portal do que em casa. Quando a gente vai poder ir ao cinema? Eu queria que a gente viajasse, sei lá, ficasse mais perto.

Não respondo. Quando exatamente comecei a me sentir responsável por Felipe e a pensar que ficaria com ele até ele estar forte o suficiente para aguentar a separação?

— Olha... — Ele foi até a estante e tirou um livro. — Dá uma olhada nesse capítulo. É Patanjali falando sobre a busca da habilidade paranormal. Ele diz que essa prática é pura vaidade, uma distração, um desvio na busca da espiritualidade. O objetivo não é chegar a Deus? Não é a conexão com Deus? O que tem a ver ficar tentando ter superpoderes? Se você não quer me ouvir, tudo bem, mas, sei lá, talvez um mestre indiano que viveu duzentos anos antes de Cristo tenha algo para te ensinar.

O Portal estava completando sete anos, e, para comemorar, Alma planejou uma viagem de barco na Amazônia.

SEITA 133

— Será uma viagem iniciática. Vamos atravessar um portal importante, de prosperidade. Um grande salto vai acontecer na vida de cada um de vocês — disse ela durante uma reunião de anjos. — Nuno vai me ajudar a encontrar os pontos de poder e vamos fincar nossas energias. É um novo ciclo, de abundância, de prosperidade.

Todos nos inscrevemos para a viagem e fizemos um mutirão de organização. Seriam três barcos com quarenta pessoas em cada um. Alguns ficaram responsáveis pela comida, outros pelas acomodações e por dividir os grupos. Peguei meu kit ritual: o manto, que agora era obrigatório para todos, para dar proteção, e meus hinários ilustrados por Jairo, um grafiteiro das antigas que também era integrado do Portal. Jairo tinha feito um desenho para cada hino, e eu tatuei um deles, que se referia à Nossa Senhora, na batata da perna direita. Também peguei meu caxixi, minha pena, meu tarô, incensos, um maço de ervas de defumação e um relicário de madeira pequeno e dobrável. Quem comprou as passagens foi Carlinhos, marido de Vânia, filha de Alma. Muitos dividiram o valor da viagem no cartão de crédito ou venderam coisas para poder pagar e não perder essa oportunidade.

Éramos umas cento e vinte pessoas e nos encontramos no porto de Manaus. Cada um foi para seu barco; eu fiquei num quarto com Daniela e Yara, no mesmo barco que Jairo, Nuno e Fábio. Seriam nove dias de trabalhos, e tomaríamos ayahuasca todos os dias.

No primeiro dia, tomamos aquele mel, ayahuasca preta do Pará. Jairo, que era o anjo responsável pela distribuição do sacramento, deu uma olhada no barco ao lado e viu que estavam servindo um copo cheio. Então, ele serviu um copo cheio de ayahuasca preta para cada um de nós. Só que ele se confundiu, porque, no barco ao lado, o anjo tinha colocado a bebida num copo e dividido o conteúdo em quatro doses.

E aí começou uma tempestade. João teve um surto de cabo a rabo e começou a gemer que todo mundo ia morrer. Começou a delirar, a ver coisas, a gritar que os peixes iam pular. Fábio também surtou. Yara virou um bebê. Ela não falava, ficava só se balançando. Nuno foi para o barco da Alma, porque ele era uma celebridade. Ele se safou e jogou fora o excesso de ayahuasca, porque já era velho de guerra. Todo mundo virou do avesso. Foi uma das experiências mais loucas da minha vida, mas, mesmo enjoada, eu estava bem, estava presente, não surtei. Daniela também estava bem, e a gente pulou pro outro barco. Só que, na hora que voltamos, Alma chegou, nervosa, virada no demônio, e começou a esculachar um por um.

— Você é um incompetente — disse ela para Jairo. — Você tem anos de Santo Daime e não aprendeu nada. É por isso que ninguém compra seus quadros. — Depois, ela se virou para mim. — Até onde você acha que vai levar seu marido? Você está achando o quê? Não tem o menor poder sobre ele, não consegue ensinar nem a ele e vai ensinar aos outros? — As piores palavras foram para Rose, uma mulher de quarenta anos. Alma falou que ela tinha que se separar do marido, que ela era retardada mental, que tinha QI abaixo da média, que tinha inveja do pai dela, que o pai dela era uma estrela e ela não tinha conseguido ser nada. O único que Alma poupou foi Nuno. Ela tinha interesse em mantê-

-lo ali. E o que ela determinou como punição? Que a gente ficaria no barco até conseguir cantar todo o cruzeirinho. O cruzeirinho era o hinário do mestre Irineu. Até a gente conseguir cantar tudo, passaram três horas. E, no barco ao lado, todo mundo fazendo festa, todo mundo saindo quando o barco parou numa margem.

Naquela viagem à Amazônia, senti a presença de uma entidade muito delicada. Eu estava só, na beira do rio Negro; os outros estavam visitando uma comunidade indígena, cantando para eles. Tinham descido do barco, todos com seus mantos coloridos, tocando maracás e entoando os hinos do Portal. Vi uma luz amarela, que era suave e muito amorosa. Nos meus ouvidos, ela disse: "És pequenina, pequenino amor". Movia minhas mãos e meu corpo numa dança sutil. No meio dos passeios, eu sempre dava um jeito de me afastar das pessoas e procurava voltar a me conectar com ela. Virou uma companhia. Não contei a ninguém, mas onde eu estava, lá também estava ela, pequena luz.

Na volta, no avião, eu me sentei ao lado de Daniela.

— Estou pensando em produzir um espetáculo de teatro em parceria com uma entidade com quem me conectei no rio Negro.

Ela me olha, tirando os fones do ouvido.

— O que foi?

— Nada, não.

Antes que ela coloque os fones novamente, digo:

— Eu estava pensando aqui que existem entidades que nos acompanham, certo? Seria possível que elas estivessem, por exemplo, num espetáculo com a gente?

— Não acredito que uma entidade cumprirá os horários das apresentações. Elas até podem surgir como uma inspiração, mas a gente não pode contar que descerão na hora marcada.

Estou sozinha num quarto do hospital, esperando minha mãe voltar da primeira das três cirurgias pelas quais passaria. Rezo em silêncio. Eu me lembro de quando meu pai me ligou. Eu estava numa sorveteria, botando uma colher de sorvete de tangerina na boca, o gosto azedinho arrepiou os maxilares. Meu pai me falou. Eu segurei a mão de Daniela, apoiei a colher no balcão. O dia em que me dei conta de que meus pais eram mortais. Agora, ao lado de dona Ione, nós nos esforçávamos para mostrar como estávamos animados, calmos, seguros com o tratamento que viria pela frente. Está tudo bem, é assim mesmo, tudo vai dar certo.

Alma convoca uma reunião na casa de Beto para assistirmos ao vídeo que Alice fizera da viagem à Amazônia. Alice tinha passado a semana inteira editando as gravações e varado a noite para conseguir terminar o vídeo para aquela ocasião. Deve ter dado muito trabalho, ela captou imagens e áudios de nossos cantos e falas de Alma durante toda a viagem. Muitas imagens da natureza, das comunidades indígenas que visitamos, de fogueiras, do pôr do sol, de pássaros. Momentos marcantes de falas de Alma comemorando os sete anos do Portal. Ao final, todos aplaudimos, empolgados.

Alma se levanta.

SEITA 137

— É isso o que você tem para mostrar para as gerações futuras? — pergunta Alma. — É essa a semente que você está plantando no universo? Você não tem conhecimento técnico, as imagens são péssimas, de baixíssima qualidade. Tem noção de que as gerações que darão continuidade ao nosso trabalho vão assistir a isso? E o que verão? Isso não é apenas um registro, é o começo de um legado que deixaremos para trás.

Daniela, ao meu lado, comenta baixinho:

— Ela não gostou do ângulo da câmera nas suas imagens. Achou que não a favoreceu.

Naquela noite, tive um sonho que me deixou perturbada. Eu estava num lugar com várias casas coloridas, que, aos poucos percebo, compunham um cenário. Atrás havia uma aldeia indígena. Um dos integrantes do Portal, a quem não reconheço, apesar de saber que era do Portal, resolve me levar para conhecer a aldeia. Quando chego lá, vejo que aqueles indígenas estavam sendo usados em algum tipo de atividade de turismo, sem seu consentimento. Então, eles começam a nos atirar flechas, e eu fujo correndo. Fica em mim a má impressão de que naquele lugar se gerava um falso conhecimento, de que usávamos a cultura indígena sem pedir licença, de que estávamos usurpando essa cultura.

Acordo no dia seguinte, abro meu computador e vejo um e-mail coletivo enviado por Alma, dizendo que não sabia o que tinha acontecido na noite anterior, que ela recebera um exu, uma energia muito forte e não teve controle sobre suas palavras. Ela dizia que o vídeo estava lindo e dava os parabéns a todos os envolvidos. Fecho meu computador e vou até o quintal. Fico olhando para o céu, buscando captar energias das nuvens. *Amor, amor, amor, luz*, penso, tentando afastar os obsessores que me inspiravam péssimos pensamentos sobre Alma e o Portal. Palavras voltavam à minha cabeça: "gerações futuras", "legado".

Salinha marrom, corredor, set de gravação. Nhambeln nacaracaca na vais bom sueis. Inhãn. Inhãmnabaicorumbatã.

— Paula! Paula, olha para mim! — O diretor estava na minha frente, com seus olhos de fogo.

— Ela está passando mal? Ela está surtando? — A boca vermelha e enorme da atriz.

— Me ajuda aqui. Vamos levá-la para o hotel.

Sinto pessoas tentando me levantar, pegando meus braços. Estou me debatendo? Estou chutando alguém? Aperto o cristal no meu bolso. Ele faz um corte na minha mão.

— Ela está sangrando. Vamos levá-la pro hospital.

— Perto das plantas. Eu preciso ficar perto das plantas.

E então vomito de verdade na privada cenográfica.

Enxofre

Passei toda a semana seguinte pensando em sair do Portal. Estava confusa, minha vida parecia estagnada, estava sem trabalho, brigava muito com Felipe, minha mãe continuava doente. Nada andava. Eu não sabia se o que se passava na minha cabeça era real ou se era o trabalho de obsessores. Eu voltava feliz dos rituais, mas isso não era efeito da ayahuasca? Alma era mesmo uma mestra ou era uma louca? O que eu estava fazendo? Gastava muito tempo envolvida com preparativos para os rituais, os treinos dos anjos, os ensaios de música, mas o que de fato isso tudo trazia para mim? Eu pensava em parar, em sair do Portal, em dar um jeito na minha vida, mas, assim que tomava essa decisão, me enchia novamente de dúvidas.

Resolvi ir ao trabalho. No caminho, chorei, lembrando tudo o que havia acontecido comigo no Portal, como se já estivesse me despedindo. *Vou pedir um sinal*, pensei. *Vou fazer o ritual todo pedindo uma resposta.* Cheguei ao teatro de Renata e fui discreta. Arrumei minhas coisas e fui me sentar lá no fundo, ao lado da ayahuasca. Mentalizei a planta sagrada, pedindo ajuda às entidades divinas. O trabalho começou e foi uma loucura. Alma caiu no chão e ficou deitada, virada de cara para baixo. Tinha uns meninos novos, não sei quem os levou, e eles se levantaram. A música foi interrompida. Todos pararam de tocar, saíram de seus lugares e começaram a andar, perdidos.

Alguém gritava. Outra pessoa começou a cantar um hino que chamava o vento. E eu concentrada, pedindo o meu sinal. Sinto um cutução. Olho para trás, ninguém. Ouço uma voz: "Vai lá, faz alguma coisa, socorre a mulher". Que medo, meu Deus do céu. Fui até onde Alma estava. Beto tentou sacudi-la. Outras pessoas se aproximaram e caíram sobre ela. Em vez de a levantarem, caíram junto, umas três pessoas em cima de Alma.

De repente, mando todos se levantarem. Fico surpresa com minha voz de comando. Os três se levantam, e eu digo para deixarem Alma no chão.

— Não toquem nela.

Olho para Helena. Pegamos cada uma um braço e conseguimos colocar Alma de volta em seu lugar. Alma se comunicava com uma entidade e pedia para passar a mão em todos, então todos se colocaram ao seu redor. Daniela brigava com os meninos, achando que estavam dando risada dela.

— Fica quieta e toca — digo a ela. Aí, chego nos meninos e ordeno: — Sentem direito, com a coluna ereta.

Renata vem de mansinho até mim.

— O que a gente faz?

— Você não está aqui pra cantar? Então canta.

Ela faz um bico e volta a cantar. Aí é a vez de Lúcio.

— O que você falar pra eu fazer, eu faço.

— Você não é o anjo? Põe todo mundo sentado no lugar certo.

E ele colocou todo mundo sentado. Pronto, tudo estava organizado. As energias se acalmaram.

Então, eu olho para trás e vejo um pano vermelho, uma cinta, como se fosse uma tela vermelha, cair. Eu vejo a tela bater no chão e sobe um cheiro de enxofre. *Meu Deus, fodeu*, pensei.

Então, Alma recebe uma entidade. Sua respiração se altera, fazendo-a arfar. Não era braveza, era muita energia, parecia que seu corpo ia estourar. Os músculos dos braços ficaram mais duros, mais fortes, e ela parecia um bicho. Eu estava de um lado dela e Helena, do outro. Todos deram sequência ao hinário, cantando, e voltei para meu lugar. Alma começou a chamar um por um e dar bronca. Eu ainda precisava do meu sinal. Quando vi que ela já tinha chamado quase todo mundo, decidi aproveitar aquela entidade poderosa. Saí lá de trás, cheguei bem devagarzinho, me ajoelhei. Eu nem abri a boca, nem falei nada. A entidade olhou pra mim e falou:

— Minha filha, você é a filha mais querida, então vê bem o que você quer pedir, porque o que você pedir eu vou conceder.

Me dê força pra continuar, pra ficar firme — respondi. Mas foi tão automático... Eu não pensei. Eu não pensei no que eu queria. A entidade falou, e a resposta veio muito rápido. Voltei pro meu lugar, e, quando me sentei, o ser já tinha ido embora. Já era ela de novo, Alma, e o trabalho tinha acabado.

SEITA 145

E eu continuei no Portal da Divina Luz. Ver Alma naquela fragilidade renovou meu amor, me fez pensar que ela também era humana, que também cometia erros, que não devia ser fácil carregar a responsabilidade de um grupo que já tinha cento e oitenta inscritos.

Cenários

Eu já estava no Portal fazia seis anos quando aconteceu a tragédia do assassinato de Glauco e seu filho, Raoni. Glauco, o cartunista, era líder da igreja Céu de Maria, do Santo Daime. Carlos Eduardo Sundfeld Nunes, o Cadu, tinha vinte e quatro anos na época. Ele invadiu a chácara onde o artista morava, armado. Na entrada, discutiu com Raoni e disparou contra o jovem, de vinte e cinco anos. Cadu acreditava que Glauco era um representante de São Pedro e queria levá-lo até sua mãe, para que confirmasse a ela que ele era Jesus Cristo. Na discussão, Glauco foi baleado. Tinha cinquenta e três anos.

O episódio nos abalou a todos. Numa reunião secreta, organizada às pressas, discutimos o que fazer, já que o Portal se expandia e não tínhamos mais tanto controle sobre as pessoas que apareciam. Colocar um detector de metais na entrada da oca, no sítio de Gustavo, não parecia viável. Alma decidiu que uma das instruções para participar dos rituais seria não usar metais, ouro ou prata, ou mesmo bijuterias, brincos, pulseiras, anéis, nada. A justificativa seria que materiais metálicos atrapalhariam a fluidez da energia durante os trabalhos. Uma pequena mentira em prol de um bem maior.

* * *

Recebo um telefonema de alguém com sotaque carioca chamando-me para conhecer uma diretora de novelas. Helena tinha sido convidada antes, mas iria filmar um longa-metragem e me indicara para o papel. Sem falar com Felipe, meus pais ou meus amigos, pego um avião para o Rio de Janeiro. No aeroporto, entro num táxi e vou para os estúdios.

— Tenho uma reunião com Roberta Castello Branco — digo à recepcionista.

— Você é atriz da novela?

— Não, não sei. Vim só para uma reunião.

— Está bem, boa sorte — diz a moça, entregando-me um crachá e indicando-me o caminho.

Chego numa sala onde outros atores estão aguardando. Como não há cadeiras disponíveis, sento-me no chão. Não gosto de estar ali, entre atores jovens, aquela ansiedade no ar. Penso que deve ser uma participação pequena, apenas alguns dias de gravação.

— Paula. — A secretária me chama. — Pode entrar. Roberta está sentada atrás de uma mesa. É uma sala simples, não tem nada de pomposa. Ela se levanta, nós nos cumprimentamos. Aponta uma cadeira para mim.

— Você veio de São Paulo. Fez boa viagem?

— Sim, foi tranquilo. — Minha voz sai mais aguda do que eu gostaria. Odeio ser tímida.

— Está preparada para se mudar para cá? — Ela ri.

— Me mudar?

— Você não sabe de nada? Estamos na pré-produção de uma nova novela. Helena me indicou seu nome e lembrei que você fez um teste para a gente uns dois anos atrás. Gosto muito desse teste, a cena está péssima. — Ela ri, uma risada aguda, e eu rio também, nervosa, um pouco por sua fala, um pouco por sua risada estranha. — Mas depois você se mostra muito espontânea. Você dança hip-hop, é bem divertido.

— Nossa, é mesmo. Eu não me lembrava disso.

— Quantos anos você tem, Paula?

— Vinte e oito.

— Ótimo. É um dos papéis principais. Não posso dizer nada ainda, é sigiloso, mas posso adiantar que você vai viver um amor platônico durante toda a novela. Vai sofrer muito. — Ela ri de novo, e eu, de novo, rio de sua risada. — E só vai ficar com o amor de sua vida no final. A novela tem um grande elenco, e eu gosto de apostar em atores novos. Você é uma grande atriz. Tenho certeza de que será um sucesso. O que você me diz?

Aceito na hora. *Meu Deus, vou fazer uma novela,* penso. *Minha vida vai mudar completamente.* Volto para São Paulo naquele mesmo dia, no final da tarde. Vou direto me encontrar com Renata; eu sabia que haveria um ritual em sua casa. Abro o pequeno portão que dava num corredor; era uma casa azul, na Vila Madalena. Vou andando, cheia de coisas na cabeça, chego no quintal que antecede a sala e ouço o ritual acontecendo num outro espaço aberto, nos fundos da casa. Fico ali, pensando no futuro. *O que será que me espera?*

Renata faz a última oração e encerra o trabalho. Aproximo-me de mansinho, e o grupo me vê, surpreso. Dou um beijo em Daniela e um "oi" de longe para a turma. Cumprimento Renata.

— Quero falar com você — digo em seu ouvido.

Nós nos afastamos de todos e vamos até duas cadeiras de madeira no quintal na frente da casa.

— Acabo de chegar do Rio. Tive uma reunião com uma diretora. Vou fazer uma novela.

— Como assim, Paulinha? Mas foi assim, de repente?

— Sim, Helena me indicou e a diretora disse que gosta muito do meu trabalho.

— Como que ela gosta do seu trabalho? Ela nunca te viu atuar. — Renata estava certa. — Mas isso vai contra tudo em que a gente acredita. Pensa bem, numa novela você não terá controle do que passa para as pessoas. A gente tem uma responsabilidade enorme, tem tanta sombra no mundo. Você tem que ser um canal da luz, do amor. Eu sei que você gosta muito da Helena, percebo sua admiração por ela. Mas há caminhos e caminhos. Pensa bem, Paulinha.

Nessa fala de Renata me dou conta da rivalidade entre ela e Helena. *Ela está com inveja*, penso. *Renata está com inveja porque tenho uma oportunidade maravilhosa nas mãos.* É fácil dizer não quando ninguém está assediando você.

— Eu já aceitei. Está feito.

— Por que você veio até aqui?

— Não sei. Sinto que, de alguma forma, você, por ter me dirigido... Não sei, senti que tinha que te falar antes que todo mundo ficasse sabendo.

Vou para minha casa. Já era tarde, e eu estava cansada. Aquela conversa me deixara abalada. Felipe estava jantando.

— Como foi o ritual?

— Não fui ao ritual. Eu estava no Rio. Vou fazer uma novela.

Ele dá uma boa risada.

— Novela? Minha esposa vai ficar famosa?

— É o que parece.

Conto todo o processo para ele, inclusive a conversa com Renata.

— Acho que será uma boa para você.

No dia seguinte, falo com minha mãe ao telefone. Ela fica contentíssima, diz que vai ligar para minha avó e contar aos meus tios. Peço para ela ter calma, explicando que era melhor esperar o contrato antes de espalhar a notícia para a família. A gente só é atriz de verdade para essas pessoas quando faz uma novela.

Fui mais uma vez ao Rio de Janeiro, uma rotina que se instalaria no meu cotidiano por oito meses. Dessa vez, a diretora, Roberta, me recebeu com frieza.

— Aqui está o contrato. Quem é seu agente?

— Não tenho agente — respondo, constrangida.

— Tenho esse valor para você. — Ela anota um valor num bloco de papel e me entrega.

Talvez pela minha cara de decepção, ela diz, abrindo uma tela no computador:

— Olha. Está vendo esses atores? Todos são jovens e iniciantes como você. Todos recebem esse valor. Mas pense

SEITA 151

que é uma oportunidade. Você está na maior emissora do país. É uma janela para todos os produtores de elenco de novelas, de filmes.

Volto para casa. É difícil reconhecer que meu valor é tão baixo. Ligo para uma agente, Silvia. Ela era magra, alta e ansiosa. Falava muito rápido, com um sorriso meio enlouquecido.

— Você deveria ter me contatado antes. Eu conseguiria um cachê melhor para você. Mas, tudo bem, é uma grande oportunidade. Você vai conseguir melhorar esse salário com publicidade, eventos etc. Você pode escolher entre ter uma passagem aérea por semana e se hospedar num hotel ou ter uma passagem aérea por mês e se hospedar num *apart* hotel. Pense nisso e depois me fale. O importante agora é você permanecer magra, se concentrar e sempre ser simpática com os diretores.

Prefiro o esquema de uma passagem por semana e o quarto de hotel, pensando em Felipe e que gostaria de estar em casa durante o máximo de tempo possível.

Começaram a chegar os roteiros. Era bastante texto; eu estava em várias cenas. Mas eu era atriz de teatro, ia tirar aquilo de letra. Marcaram uma leitura com o elenco. Fui para o Rio, me hospedaram num hotel em Copacabana. O hotel estava em reforma; uma parte do hall estava interditada e dava para ver os novos materiais com que revestiriam o piso e as paredes. O velho hotel era rançoso. O mármore marrom com linhas cor-de-rosa e os detalhes em dourado na decoração, nos corrimões, ainda prevaleciam no ambiente, mas o novo começava a se impor num piso de madeira, aconchegante. Descarrego a mala num quarto simples, duas camas, um móvel com uma televisão, banheira debaixo do chuveiro. De frente para o mar.

Um táxi me esperava para me levar ao complexo de estúdios da emissora. Chego lá. São dez atores, todos jovens como eu. Eu ia fazer parte de um núcleo de alunos de um cursinho, e as situações circulavam em torno dessa fase de pré-vestibular. Atrizes lindas e atores sarados. Olho para eles com o ar de superioridade de quem era formada em artes cênicas e já tinha ganhado o prêmio de melhor atriz no festival Feteco, em Guarapuava.

Na leitura do texto do primeiro episódio me dou conta de que minha personagem é apaixonada por uma das amigas. A diretora, Roberta, não havia mencionado esse detalhe. Eu interpretaria a melhor amiga da moça mais linda do colégio e sofreria em silêncio até o fim da novela enquanto ela me relatava seus amores e namoros com os garotos da escola. A primeira cena era do casamento de um dos professores. O autor dizia que era uma marca na sua dramaturgia começar as novelas com um casamento e terminá-las com um enterro.

Após a leitura, vamos para uma reunião com o elenco completo. Somos informados de que talvez aquela fosse a única vez em que nos encontraríamos, pois eram vários núcleos de histórias e as gravações seriam feitas em dias diferentes.

Roberta chama um ator veterano para dizer algumas palavras para nós, que estávamos estreando na televisão.

SEITA 153

— Bem-vindos — disse ele. — O que eu posso dizer? Começo de novela é sempre confuso, tudo se assentando. O meio é complicado, desenvolver as cenas. E o final é uma merda mesmo.

Todos riem. É engraçado ouvir aquele ator que sempre se apresentava publicamente com a maior seriedade contando piadas.

Sou fotografada, junto a todo o elenco, pela primeira vez. Ao final, aproximo-me de Roberta.

— Você pode me dar uma dica? Pra uma atriz que está começando?

Ela me diz que eu gravaria muito ao ar livre. Tinha dado uma olhada no meu material e eu ficava bem em cenas externas.

Eu ainda tinha um tempo antes de voltar para São Paulo. Fui à praia sozinha. Eu me sentia carregada, pesada, muitas coisas na cabeça, um dia de muitas informações para digerir. *Iemanjá*, penso, olhando para o mar. *Abençoe e proteja esse meu novo caminho.* Então, por coincidência, a atriz que faria o papel de minha melhor amiga apareceu. Seu nome era Maria. Ela se aproximou, e vi aquela menina linda, vestida com elegância, os cabelos e a pele impecáveis, a voz grave das atrizes seguras. Naquele momento, éramos dois extremos, e continuaríamos sendo por todo aquele processo, duas vidas radicalmente opostas: ela e seu plano de carreira perfeito, eu e meu paraquedas amarrotado.

— Está feliz? — pergunta ela, sentando-se ao meu lado.

— Sim — respondo, forçando naturalidade.

— Você trabalha no teatro? O que você já fez?

— Algumas peças inspiradas em obras literárias. Herman Melville, Virginia Woolf, Michael Cunningham. — Esforço-me para me impor pela cultura que eu achava que tinha.

— Nossa, você deve estar tranquila aqui, então. Esse é meu segundo trabalho como atriz. Trabalhei como modelo por oito anos. Estou nervosíssima.

— Leva um tempo para aprender as técnicas. Posso indicar cursos bacanas, se você quiser.

Volto para casa feliz, com a sensação de que um futuro brilhante me esperava.

Começam as gravações e me dou conta de que os instrumentos teatrais que eu tinha não serviriam naquela linguagem. Eu me esforçava para dizer os textos com naturalidade, mas a agilidade das gravações não me permitia deixar que as falas entrassem em mim. Eu me sentia superficial. Maria, pelo contrário, se saía muito bem. Fazia as cenas com prazer e orgulho, tinha um *feeling* natural para aquilo.

As diferenças entre nós duas começam a ficar mais evidentes quando revistas passaram a convidá-la para matérias. Ela saía nas capas, e eu sentia que estava sendo excluída dos eventos que minha agente prometera, aqueles que me dariam mais dinheiro. Eu me sentia inadequada, feia. Meu impulso de criação me sugeria uma personagem molecona, talvez um pouco masculina, mas os diretores diziam que a personagem devia ser suave, para conquistar a aceitação do público. E eles estavam certos. Meu *feeling* não combinava com o que eu tinha que fazer. Eu estava perdida.

Eu voltava para São Paulo e me sentia sozinha. Felipe estava tomado pela filmagem de seu primeiro curta-metragem. Meus pais estavam deslumbrados com o status de pais da atriz da novela. Eu tinha brigado com Renata, e Daniela tinha tomado as dores dela. Não tinha amigos no Rio. Tentei me aproximar do pessoal do movimento hip-hop da cidade. Pensei que tinha feito amizade com uma garota, até ela me pedir dinheiro emprestado. Não tinha com quem conversar sobre as mil questões que eu estava vivendo. Via os artistas tarimbados atuarem com desenvoltura e não conseguia assimilar técnicas que me ajudassem. Não sabia como me comportar à medida que me tornava famosa. Como lidar com a abordagem das pessoas na rua? Seria hostilizada por fazer o papel de uma menina gay? Eu tinha buscado informações sobre homossexualidade e sabia que naquela época havia uma luta para legalizar o casamento gay. A homossexualidade não era considerada uma patologia desde a década de 1990. Mas eu deveria agir como uma militante da causa gay? Não estaria me aproveitando da causa para me autopromover? Eu não sabia fazer poses para fotos, não sabia me vestir, não sabia me comportar nas festas às quais a gente ia para ver e ser visto. Renata estava certa, eu vinha de trabalhos de teatro políticos, que faziam grandes objeções a empresas como aquela emissora. Por que eu tinha aceitado fazer a novela? Por vaidade? Eu, que sempre era a cerejinha das montagens de que participava, não sabia atuar para câmeras, e meu constrangimento era transmitido para todo o país. Maria se saía bem melhor do que eu. Ela tinha vindo de uma situação financeiramente difícil e sustentava a própria família. Era justo julgar suas escolhas? Estou sendo condescendente com Maria? Na verdade, estou julgando Maria segundo meus próprios parâmetros, mas ela não tinha questões como essas. Essas questões não chegavam nem perto de esbarrar em seus pensamentos. Maria sabia o que queria. Ela queria o sucesso, e estava preparada para ele. Maria não se perguntava o que era o sucesso, não tinha a menor dúvida de que estar naquela emissora era o ponto mais alto a que se podia chegar na dramaturgia. Talvez ela se sinta só no futuro, mas saberá separar a personagem de sua imagem, estudar os textos de suas entrevistas, deixar seu agente responder quando a entrevista for feita por e-mail. Maria se sentirá realizada.

Quando fica famoso, você se transforma num ser capaz de provocar histeria. Eu sempre gostei de usar transportes públicos, como uma reação à superproteção dos meus pais. Aprendi escondida a andar de ônibus e metrô, com os amigos da escola.

Às vezes, mentia, dizendo que o pai de uma amiga iria me buscar, para seguir de ônibus até uma biblioteca. Na última vez que peguei um ônibus, na época da novela, o motorista começou a gritar para o motorista do ônibus ao lado: "A menina da novela está no meu ônibus, a menina da novela está no meu ônibus!". Em outra ocasião, eu estava numa pousadinha com amigos, na praia de Boraceia, quando adolescentes invadiram o meu quarto. Eu estava no banheiro e ouvi minha amiga dizer: "Ela não está aqui, ela não está aqui". Uma mulher chegou a abrir a porta de um carro onde eu estava, me puxar para fora e dizer que era minha obrigação conversar com ela. Outra vez, eu estava no hospital, passando mal, sentindo muita falta de ar e usando aquela máscara de inalação — eu fumava muito naquela época — quando uma moça me pediu para tirar uma foto com ela.

Mas o que mais me incomodava na fama era o bom atendimento em qualquer estabelecimento. Eu era muito, mas muito, mas muito bem tratada. Quando você está do outro lado, recebendo esse tratamento, a projeção da pessoa sobre você é quase palpável. Eu tinha vontade de afastar essa projeção com as mãos, como quem afasta um pernilongo, para desfazer essa fumaça ilusória. Quando íamos visitar tios para passar o Natal no interior, eu recebia toda a atenção da família, enquanto minha irmã se tornava praticamente invisível.

Um dia, ligo para Alma e vou até sua casa no meio da noite.

— Eu queria um pouco de ayahuasca. Será que eu poderia ficar com uma garrafa pequena?

— Vou te dar um pouco da preta. Mas, lembre-se, tome apenas uma colher. A bebida sagrada tem um efeito antidepressivo em doses baixas. Então, muito cuidado, tome apenas uma colherada. E despache a garrafa em sua mala. Não é permitido viajar com o sacramento no avião.

Então me vejo naquela salinha marrom. Entro para a gravação, surto e vomito.

No dia seguinte, de manhã, estou com a cara afundada no travesseiro, no meu quarto de hotel, pensando em nunca mais sair daquela cama, quando ouço o telefone. É minha agente do outro lado da linha.

— O que aconteceu? Ainda bem que me ligaram antes de ligarem pros seus pais. Você tem que parar com esse negócio de chá, Santo Daime, sei lá. Cortei um dobrado para te colocarem aí e não te levarem pro hospital. Outra coisa, assisti à sua cena ontem. Você estava dura como um pau. O que foi aquilo?

— Eu não estava me sentindo bem.

— Uma expressão dura, nossa... Você tem que sorrir, sorrir sempre. Você não é tão bonita a ponto de poder ser má atriz e não é tão boa a ponto de poder ser desleixada, então cuide da sua aparência. Você é das poucas atrizes que estão terminando a novela pior do que começaram. Estou com um problema de retenção de líquidos, mas vou para o Rio. Chego o mais rápido possível.

— Obrigada.

Eu esperava, ansiosa, pelo fim das gravações. Na última cena que faríamos juntas, Maria e eu daríamos um beijo. As duas amigas finalmente ficariam juntas numa festa à fantasia no último capítulo da novela. Nem isso consegui fazer. Eu tinha que me aproximar dela, que estava deitada num banco, distraída, de olhos fechados, e dar um selinho em sua boca. Na hora do "gravando", dei um beijo em seu queixo.

Lidei com a experiência da novela como se tivesse sido um fracasso, principalmente porque meus pais tinham a expectativa de que eu continuasse na emissora. Isso não aconteceu. Eu também saí de lá com vontade de nunca mais voltar.

Maria se tornou uma estrela da maior grandeza da teledramaturgia brasileira.

Casca

No livro *A noite da arma*, David Carr escreveu: "Os momentos em que tropecei numa epifania que mudou minha vida são preservados vividamente (na memória), ao passo que os aspectos mais corrosivos ficam perdidos por conta de uma espécie de amnésia autopreservadora".

Comigo acontece o contrário. A respeito do Portal não tenho lembranças boas. Constato agora, meio admirada, meio constrangida, que muitas das minhas memórias daquela época são alucinações. Essa história é a história de uma menina que se perdeu num culto religioso? Ou está muito mais próxima de relatos de antigos usuários de drogas?

Eu vivi oito anos numa ilusão alucinada, num mundo paralelo e inútil. Todos os trabalhos que fazia como atriz eram curvados aos preceitos do grupo. Cheguei a cantar um hino do Portal num teste para um grande diretor de cinema. Cada um dos meus dias eram construídos em torno de tentar acessar energias elevadas, pensar o bem, alinhar corpo, mente e espírito.

Eu passava a maior parte do tempo meditando, mentalizando imagens que me trariam paz, olhando para cima

SEITA 161

para captar energias do céu, do sol e das nuvens. Eu tinha fé na ideia de que apenas me sentir bem já era fazer bem ao mundo.

Gastei dias intrigada com uma imagem. Num desses rituais, adormeci no começo do transe. Quando voltei a abrir os olhos, vi dois seres mexendo uma chave no meu coração. Pensei que havia muita coisa entre o céu e a terra, que muitas coisas que aconteciam no plano sobrenatural eram inconscientes para nós, humanos, presos em nossos corpos e entendimentos precários. Outra vez, passei mais um tempo pensando sobre um sonho em que uma divindade desafiava-nos pedindo que apresentássemos a ela o maior tambor do mundo. Meus amigos levavam tambores enormes, um maior que o outro. Eu cheguei para a divindade e disse que o maior tambor do mundo era o coração.

Houve um trabalho em que Alma se colocou no meio da roda, bem no início do encontro, e disse:

— Peçam por confirmação. Se estão em dúvida quanto à veracidade desse ritual, peçam pela verdade. Seja lá o que descubram, por mais difícil que seja, a verdade é sempre o melhor caminho.

Naquela tarde, sentada na última fileira de cadeiras de plástico, no meio do ritual na oca, em transe, pensei: *Nada está acontecendo. Estou apenas aqui, com a bunda sentada na cadeira. Não estou indo para o espaço sideral, não estou salvando o planeta com meus pensamentos elevados, estou aqui, parada, durante quatro horas.*

Mas eu sempre voltava. Os obsessores não conseguiam me manter lúcida por muito tempo.

Fazia tempo que os trabalhos não aconteciam na casa de Alma, mas estávamos lá para um ritual secreto, só para instrutores, anjos e dirigentes. Alma estava visivelmente inquieta.

— Tenho pena dele — dizia Alma no instante em que me aproximei, pegando a conversa pela metade. — Ele não recebe o Zé Pelintra, imagina... Se recebesse, não estaria naquelas condições, tão sem dinheiro, é um coitado. A gente acolhe, mas fiquem atentos.

Alma se referia a Nuno, aquele que me fazia envesgar quando começava a falar. Ele recebia essa entidade em quase todos os trabalhos e fazia atendimentos fora dos rituais. Alma continua:

— A viagem para Amazônia abriu um portal de prosperidade. Temos que aproveitar, amados. A prosperidade começa no desejo; sem vontade, não tem como. O princípio de tudo é a vontade. Precisamos desejar a prosperidade para levar a força e o amor do Portal para todo o mundo. Não há mal nenhum nisso. Estou falando de dinheiro mesmo, gente. A gente não pode ser ingênuo, é assim que o mundo funciona. Não pega bem ter um dirigente duro, gente. Como vamos falar da cura pela ayahuasca se nossa vida está uma bagunça? Temos que dar o exemplo, temos que ficar firmes. Não dá para um dirigente cair nos trabalhos. Temos que ser um exemplo de firmeza, alegria, abundância. Vamos mentalizar a vinda de muitas pessoas, em cada portalzinho. Vamos mentalizar as pessoas pagando seus sacramentos, vamos mentalizar uma vida melhor para nós. Fechem os olhos e imaginem agora os dias de abundância, a nossa felicidade na abundância.

SEITA 163

No dia seguinte, acordamos com um e-mail de Nuno, endereçado a todos os dirigentes, anjos e integrados:

Alma, você tem duas opções: ou você é uma xamã ou você é uma trapaceira. Eu já sou trapaceiro comigo mesmo. Eu sou uma trapaça ambulante, sem perceber, mas sou. Mas sou um trapaceiro com a magia, e você é uma trapaceira oficial, você trapaceia os outros. E isso eu não faço, não fui criado com essa maleabilidade ética. A opção por ser uma xamã é individual, faz parte de pegar um dom divino, incorporar e agir, e aprender, aprender, aprender. Tem chão, você nunca para. Se não quiser aprender, você dança, porque se meteu no aprendizado. Ninguém te obrigou.

Vamos dizer, você está lá, você é a mãe de santo, o mestre, o guru, o professor, qualquer porra, qualquer título que teu ego atribua. Você está lá, chega uma menina, trabalha com você, jovenzinha, bonitinha, você adoraria ser aplaudida por ela. Ela te aplaude, mas ainda não é suficiente, né? Você pergunta: "Como posso ter mais?". (E, Helena, meu amor, onde está a *sua* alma? Você ainda está em posse dela?)

Você força um estado de hipnotismo ao máximo, que é sempre temporário. Porque é ilusão, e a ilusão é temporária, não existe ilusão permanente. Já dizia nosso amigo Abraham Lincoln que você pode enganar todos por algum tempo, e alguns por muito tempo, mas nunca todos por todo o tempo. É isso aí. Você vai ter que defender a tua imagem. E aí você vai se foder mesmo, porque na hora que você precisa defender a tua imagem, a tua imagem de força, a força te abandona. E aí você fica fazendo discurso, mimetizando comportamentos. Pode ser até cenicamente correto, mas é muito pouco real, então, está lá, mas não está lá, parece que tem uma casca. Como a casca precisa falar, e você precisa defender teu ego, você precisa falar coisas pra defender teu ego e, pra isso, você vai falar cagada. Por exemplo, nos seus rituais de cura, as pessoas são instadas a escrever o nome de desencarnados em papéis que são queimados, para que eles façam a passagem e sigam para a luz, mas ninguém as instrui de que esse processo deve acontecer apenas uma vez. Não adianta nada enviar o cara lá pra luz se no ritual seguinte você chamar o cara de volta. Chega a ser idiota. E quando você fala cagada, você se desmoraliza, e aí você precisa usar a força, e quando você usa a força, você se desmoraliza ainda mais. E aí você começa a se impor pelo medo, até que chega o neguinho e fica puto e fala "vai tomar no teu rabo, quem você está pensando que é, sua bruaca", e pronto, acabou. Não adianta me desmoralizar para os outros. Você sabe que estou dizendo a verdade, estou dentro de você.

Então, minha cara Alma, vejo que para você o astral se fechou... Só que você não quer enxergar, porque está numa posição de poder, deslumbrada com o poder, por melhor que você seja, por melhor que sejam as suas intenções. Geralmente os idiotas não chegam nesse posto; os idiotas não são bons manipuladores, eles são bons manipulados. Mas eu não sou esse tipo de idiota.

SEITA 165

Portanto, parto. Parto, me retiro, puxo meu carro oficialmente do Portal da Divina Luz. Adeus, para nunca mais.

Nuno.

Ligo para Beto.

— Reunião urgente na casa de Alma. Chego lá. Gustavo é o mais exaltado.

— É um absurdo, uma puta falta de respeito — diz ele.

— Olha, Alma, sabe o que eu acho, mesmo? Esse tipo de pessoa... A gente não precisa fazer nada. O próprio astral dá cabo dele.

— É um pobre coitado — completa Beto. — É tão evidente, é pura inveja. Ele diz que lidera um grupo de quinhentas pessoas. Onde? Cadê? Ele quer o que você tem e conseguiu com muito esforço e amor.

— Mas enviar aquele e-mail para quem acabou de chegar... A pessoa já chega e recebe isso. É muita irresponsabilidade — diz Alma, nervosa.

— Nunca imaginei... Olha, o Nuno, nunca imaginei que ele fosse isso — emenda Helena. — A gente não sabe quem são as pessoas até as máscaras caírem. A gente tem que se proteger. Vamos fazer uma concentração e mentalizar a paz para essa pessoa, pedir proteção. Cada dirigente e cada instrutor tem que conversar com seu grupo, explicar o que aconteceu e tirar aprendizados desse episódio. Temos que estar atentos. Aos outros e a nós mesmos. Obsessores adoram situações como essas para tomar conta da nossa cabeça. A gente tem que ficar com a cabeça no lugar, principalmente agora.

Ficamos todos em silêncio, na concentração.

Estou com minha mãe no hospital. Ela tinha passado pela segunda cirurgia, no fígado. Já sabíamos que haveria mais uma, nos pulmões, e, depois das sessões de quimioterapia e radioterapia, havia a esperança de que ela conseguisse zerar o quadro. Estou esperando ela acordar.

— Loirinha. Dormi muito?

— O normal.

— Tenho uma blusa que quero te dar. Olha para mim se eu trouxe na minha mala.

— Imagina, mãe, não se preocupa com isso.

— Não, é uma malha que achei que era a sua cara. Pega minha mala ali.

Vou até o armário e reviro a sacola de roupas que ela tinha separado. Não há nenhuma blusa ali.

— Ah, passa lá em casa. É aqui do lado. Pega lá para mim.

— Não posso te deixar sozinha, mãe. Quando a Ju chegar, eu passo lá, está bem?

Fico feliz que, mesmo sob os efeitos da anestesia, a única preocupação de minha mãe seja me dar um presente.

Ruína

Mais difícil do que assumir pelo menos a hipótese de que Deus pode não existir talvez seja mudar o vocabulário. Ainda me pego dizendo "nossa" ou "Jesus". Muitas das nossas expressões são ligadas a religiões: "Senhor", "meu pai", "benza Deus", "nossa senhora", "Deus abençoe", "graças a Deus", "vá com Deus", "fique com Deus", "mas que diabo", "que inferno". Contradições individuais e coletivas. O Brasil é um país dito laico, mas comemora sete festividades católicas com feriados nacionais, inclusive doze de outubro, dia de Nossa Senhora Aparecida, considerada padroeira do Brasil. Imagine quantos pais de santo, astrólogos ou gurus já influenciaram decisões políticas tomadas no planalto central. Um senhor vende um serviço não só de previsão meteorológica, mas de manipulação de intempéries. Dizem que muitos prefeitos, governadores e até presidentes já contrataram esses serviços de um homem que diz ter o poder de fazer chover ou ocasionar qualquer outra variação de tempo e temperatura. Fico imaginando o telefonema: "Olá, aqui é o secretário do governador do estado. O senhor po-

SEITA 169

deria fazer chover, por favor? Quanto? Vinte mil reais? Perfeito, me passe seus dados bancários".

Tenho observado que, em geral, as pessoas levam sete ou oito anos para começar a manifestar publicamente suas experiências em seitas religiosas. Normalmente, se a pessoa não se dá conta do ridículo, ela embarca automaticamente em outro grupo similar. Se tem consciência da merda que fez, seu primeiro impulso é tentar não pensar mais naquilo. Depois de uns dois anos, ela começa a achar graça ao lembrar algumas situações. Depois de sete ou oito anos, que foi o tempo que levou para o documentário *Holy hell* chegar ao público, a gente sente que precisa falar do assunto num lugar mais sério.

Holy hell é sobre uma seita religiosa criada por um homem que havia sido ator pornô, chamado pelo grupo de "o professor". Will Allen, diretor do filme, foi integrante desse grupo por vinte e dois anos e documentou em vídeo todo o período, desde a formação da seita até as primeiras acusações de estupro e abortos forçados. Há um momento em que começamos a pensar que sabemos que esse tipo de coisa continua acontecendo e a nos sentirmos responsáveis. Digo isso para Juliana.

— O que você quer com o livro? — pergunta-me minha irmã.

— Quero que todo mundo saiba o que aconteceu. Você não acha que Alma e Helena têm que parar de enganar as pessoas?

— É uma denúncia?

— Sim, é uma forma de denúncia.

— Você entende que essas pessoas podem te fazer mal? Você não tem medo?

— Não, não acredito que elas terão coragem de me ferir fisicamente. Podem usar suas artimanhas e tentar me desmoralizar, mas muita gente viveu a mesma coisa comigo, muita gente sabe a verdade.

— Mas, então, por que você não faz uma denúncia anônima ao Ministério Público? É mais eficaz, se a sua intenção é impedir que aquelas duas continuem. Acho que não é por isso que você quer escrever esse livro.

— Por quê, então?

— Bom, vou te dar o número de telefone de um amigo meu da faculdade. Ele largou o curso de biomedicina no segundo ano e fez direito. Se é teu senso de responsabilidade que te move, liga para ele. Ele vai te dizer o que fazer.

Ela me passa o contato de Rodrigo. O número fica ali, em cima da mesa. Já se passaram dois meses e não consigo ligar. Não consigo ligar. Onde esse ato me levaria? Um livro pode alertar pessoas ou familiares de pessoas que passaram pelo que passei. Mas o que resultaria de um telefonema para Rodrigo? Eu poderia arruinar a vida daquelas pessoas? Elas merecem ter a vida arruinada? Haveria um grande escândalo? Meu nome seria protegido, mas o que de fato essa ligação provocaria?

Crianças

Um dia de sol bem quente. Eu estava abaixada atrás da roda, dentro da oca. Toquei dois dedos no chão e vi um escudo dourado abrir uma fenda no solo, envolvendo o grupo de cima a baixo. Uma cúpula de proteção dourada e brilhante. Jairo era meu companheiro; ele que fazia grafites nas ruas de São Paulo na década de 1990 e agora expunha suas obras em grandes galerias. Nós nos olhamos, sem dizer palavra, e ele me mostrou que tudo estava bem. Antes da cerimônia, conversando sobre os procedimentos do dia, Alma nos contara sobre uma visão que tivera no ritual anterior, de espiões no plano astral. Ela estava muito preocupada com uma espécie de bruxa que aparecia para espiar nossos segredos e dissera que deveríamos ficar atentos. Nada de intrusos até o momento.

Então, Jairo começou a fazer movimentos com as mãos como se tentasse afastar algo. Cheguei perto dele e unimos as nossas forças. Usamos nosso treino de aiquidô com a intenção de afastar as más vibrações. Pensei que quem nos visse pensaria que estávamos dançando, e essa era uma das artes do transe: disfarçar o que fazemos para não assustar ou preocupar os outros presentes.

Som de risos. Uma das crianças que estava na casa tinha descido e estava atacando monstros imaginários com um galho.

Cheguei perto e pedi silêncio. O garoto, de dez anos de idade, ignorou-me e continuou sua luta contra seres imaginários. Jairo também se aproximou, pedindo que o garoto não fizesse barulho. O menino, então, chegou mais perto da roda e começou a zombar do ritual. Cantava músicas e imitava a dirigente, que nesse momento estava em pé, com as duas mãos voltadas para o grupo, oferecendo uma bênção.

Alma abriu um dos olhos e viu o que estava acontecendo. Ela respirou e retomou a concentração. A criança, então, entrou no meio da roda, imitando os músicos que tocavam tambor e uma pessoa que dava passagem a uma entidade. Alguns dos integrados riram, mas logo interromperam a risada sob o olhar furioso de Alma. A dirigente se voltou para o garoto:

— Você quer participar?

E ele soltou um "quero" petulante e provocador.

Ela foi até o garrafão, encheu um copo de cem mililitros de ayahuasca e deu para o menino. Ninguém se moveu. A mãe do garoto continuou impassível. O menino virou o copo.

— Não é tão ruim assim — disse.

Em quinze minutos, ele começou a passar mal e ficou assustadíssimo.

Eu estava deitada com a cara no chão de terra. Alma estava descontrolada, dando uma daquelas broncas homéricas. Ordenou que todos se deitassem. Dava com o maracá na cabeça da mãe do garoto.

— É por isso que você não é nada, nunca vai ser nada. Não consegue nem criar um filho. Não consegue segurar o marido, prefere ser essa inútil. Nunca vai ser alguém no mundo.

Ao final do ritual, uma moça grávida agradeceu pelos ensinamentos do dia.

— Espero criar esse bebê que cresce na minha barriga com sabedoria, disciplina e amor.

Alma inaugura um espaço novo, próximo do sítio de Gustavo, que já estava pequeno para a quantidade de gente que frequentava os rituais, entre duzentas e duzentas e vinte pessoas só no Portal principal, a sede.

Era um terreno grande, no alto de uma colina, onde uma oca maior fora construída no centro, cercada por árvores. O terreno havia sido generosamente doado por um integrante, filho de donos de uma rede de restaurantes. Tinham sido iniciadas as primeiras experiências de um plantio próprio do Portal da Divina Luz. Houve muitas tentativas fracassadas, e muito nervosismo de Alma, até encontrarem o ponto certo da mistura de jagube com chacrona.

Cada vez mais burocratizado, o Estatuto do Portal organizava assim sua hierarquia: dirigente fundadora, dirigentes, anjos, instrutores, instruídos, integrados e novos. Também previa a existência de oito núcleos de estudo: o núcleo do feitio, responsável por estudar a produção da ayahuasca e organizar o plantio, a colheita e a preparação da bebida; o núcleo dos anjos, responsável pelo estudo de práticas de proteção do Portal, no plano físico, como o treino de aiqui-

SEITA 175

dô, e no plano espiritual, como meditações; o núcleo dos músicos, que organizava e ensaiava o canto coral e o uso de instrumentos musicais; o núcleo jurídico, responsável por criar o estatuto do Portal da Divina Luz e certificar-se do funcionamento e da administração dele; o núcleo de jovens, frequentado por pessoas de até vinte e cinco anos, que discutiam ações ambientais e sociais na cidade de São Paulo; o núcleo de estudos científicos, que estudava os efeitos e os benefícios físicos do sacramento e sua história; o Comando Fênix, grupo de pessoas treinadas para agir em velórios e encaminhar os mortos ao plano astral; e o núcleo de instrução, que se dividia em cinco fases.

Na primeira fase, eram feitos estudos da biografia de Alma e dos benefícios da ayahuasca. Ao final dessa fase, o adepto podia entrevistar e fazer palestras destinadas a novos convidados.

A segunda fase estudava os símbolos do Portal. Depois, havia exercícios de mediunidade, ensinando como diferenciar pensamentos próprios e pensamentos de obsessores e estudando expressões corporais da mediunidade.

Então, vinham os estudos de música, orações e tambores e do Estatuto do Portal, quando os adeptos eram introduzidos nos aspectos jurídicos do grupo. Por fim, havia o treinamento para o Comando Fênix.

No meio de um dos rituais, Gustavo, Yara e Daniela se aproximam com uma caixa nas mãos e a entregam para Alma. Ela abre a caixa, onde havia um pingente no formato da cruz *ankh*, cravejado de brilhantes e esmeraldas. Emocionada, levanta a joia como um troféu, e todos aplaudimos. Então, Alma anunciou a chegada de um novo hino e o entoou, junto com Helena e Daniela, ao som do violão de Renata.

É chegada a hora
Vamos comemorar
A luz entrou pela porta
É nossa vez de passar

Abundância
Alegria
São as bênçãos desse saber
Erga as mãos com energia
Vamos dar para receber
Eu doo meu amor
Eu doo meu perdão

Eu doo minha vida
Aqui dentro deste salão

Quem der vai receber
Toda força e todo poder
Quem der vai receber
Toda força e todo poder.

As pessoas se inflamam. Panfletos com a letra do novo hino são distribuídos e todos cantamos num coro veemente.

Uma mulher se levanta, abre sua carteira e joga duzentos reais no chão. Todos riem do gesto, todos nós o reconhe-

SEITA 177

cemos como uma piada, mas as pessoas começam a imitá-la e a jogar coisas de valor no centro da roda. Vejo Fábio se levantar, virar as costas e desaparecer.

Ao fim do ritual, ouço muitas pessoas dizerem que viram uma luz dourada envolvendo o trabalho, que estavam muito felizes, excitadas, que já sentiam a força da prosperidade atuar dentro de si.

Não consegui ir muito aos rituais nos meses seguintes. Precisava acompanhar minha mãe às sessões de quimioterapia e depois ajudá-la em casa. Ela ficava muito fraca, quase não conseguia andar, mas era a alegria da sua ala quando estava no hospital. "Três cirurgias e olha ela, que humor!", diziam as enfermeiras. Chamaram minha mãe para conversar com alguns pacientes, dar uma força. Ela levava vasinhos de vidro encapados com flores de crochê e presenteava a todos. Levava pãezinhos de protestante e dizia que eram bentos.

Eu estava exausta. A rotina de exames e internações de dona Ione era intensa e, por mais que Juliana e eu nos revezássemos, eram muitos dias de cuidados. Em casa, Felipe estava feliz com o curta que estava editando. Eu não sabia o que fazer depois da novela. O dinheiro que eu tinha guardado não duraria tanto tempo.

Fábio me procurava, querendo conversar sobre o que ele estava vendo no Portal. Eu me esquivava, não queria ouvi-lo falar mal de Alma. A picada de abelha tinha sido uma comprovação de que a força nos observava a todo momento.

Um produtor entrou em contato comigo, convidando-me a integrar o elenco de uma peça de teatro. O texto não era ruim, contava a história de um ator tentando ganhar notoriedade. Eu faria sua namorada, uma garota fútil, engraçada. O cachê era bom, pagava os ensaios e os dois meses de temporada. Na primeira leitura, o diretor diz que imaginava minha personagem usando cinta-liga e arco de Minnie, para dar mais comicidade às cenas. Envio um e-mail no dia seguinte dizendo que não teria disponibilidade em minha agenda.

O ritual seguinte me deixou confusa. Era ano-novo, e Helena chegou pouco depois da concentração inicial, quando todos já estavam em transe. Desceu de um helicóptero vestida de astronauta e foi ovacionada. A nova oca estava muito enfeitada, com luzinhas penduradas, bandeirolas coloridas. Uma farta mesa com frutas, doces e comidas. Depois de todos se sentarem, ritual já pago, agora no valor de cento e vinte e seis reais, cantamos os primeiros hinos. Então, Alma vai até o centro da roda, descobre três quadros, nos quais reconheço os traços de Jairo e Lúcio, e começa a leiloar as obras. Em poucos minutos, alguém que eu não conhecia oferece cinco mil reais. Três mil reais são oferecidos pelo outro quadro e dois mil e quinhentos reais pelo terceiro. As pessoas estão eufóricas. Alma está eufórica e não consegue se conter.

— Quanto vale a arte de seus amigos? — questiona ela, incitando o grupo.

Ela leiloa novamente as mesmas três telas para outras três pessoas, por quatro mil, seis mil, sete mil reais. Diz que elas vão revezar os quadros, que ficarão um pouco em cada casa. Depois, ela se aproxima de um arranjo de flores que decorava a festa sobre uma mesa e alguém dá um lance de quinhentos reais pelo vaso. Não, pela metade do vaso, e imediatamente outra pessoa dá outros quinhentos reais.

Olho para aquilo tudo achando estranho. Os hinos novos me deixavam tonta, meio hipnotizada. Eu cantava e era contagiada pela agitação do grupo, mas não conseguia pensar em mim, me concentrar em minhas questões. Ao final do ritual, converso com Beto.

— O Portal está crescendo, Paulinha — disse ele. — É sua vocação. É necessário sustentar os portaizinhos e abrir outros. Estamos nos transformando numa religião grande, imagine que vamos ter filiais no país todo, levar a consciência, o amor e a verdade adiante. É muita alegria. Venha na concentração depois de amanhã. Vai ser importante.

Procuro Renata, mas ela me evita. Depois da novela, ao final de um trabalho difícil, ela percebeu que eu me sentia sozinha e nos reaproximamos. Minha fragilidade amansou seu coração, ela pôde se sentir superior a mim novamente. Mas por que me evitava agora? O que estava acontecendo? Yara estava em outro canto, Daniela em outro. Costumávamos papear no final dos rituais. Por que estavam tão distantes?

Vou à concentração de que Beto falara. Vejo a porta da casa de Alma e lembro-me da primeira vez em que estive lá. Subo as escadas, as paredes amareladas, o cheiro de incenso. Beto já está na cozinha e percebo que mudam de assunto quando me aproximo. Chegam também Gustavo, Daniela, Renata, Yara, Helena, Lúcio, Teresa, Jairo e Edna. Fazia um tempo que eu não via Edna e dou um abraço forte nela. Tomamos a meia dose, pagamos os sessenta e três reais. Alma nos pede para pensarmos em todas as pessoas que haviam deixado o Portal nos últimos tempos. Um grupo de sete pessoas, que tinha ido ao Portal com um pai de santo, se desconectara por e-mail. Nuno e Fábio. Uma atriz tinha saído porque não aceitava a postura do Portal contra o uso de maconha. Um tempo antes, Alma havia declarado que integrados não podiam usar a erva, dizendo que ela tinha tido um contato direto com a entidade da planta e recebido uma instrução: "Se querem me ajudar, parem de me consumir".

Então, todos esses nomes ditos, fechamos nossos olhos e visualizamos cada uma das pessoas entrando felizes pela porta, aparecendo novamente nos trabalhos. Após a concentração, ritual encerrado, cada um vai para sua casa em silêncio.

O papel com o número de telefone do amigo de minha irmã continua em cima da mesa. Não consigo ligar, não consigo ligar. Não ligo.

Perguntei para alguns amigos que não frequentavam o Portal naquela época sobre a impressão que tinham de mim.

— Parecia que você estava sempre negociando com alguém ou alguma coisa, sempre tentando se livrar de assombrações, travando diálogos com seres invisíveis. Parecia que dava para ouvir seu fluxo de pensamento, um conflito entre o profundo e o superficial. Você não conseguia lidar com assuntos banais e se sentia mal por isso, se incomodava com seu mal-estar. Isso acontecia muito.

SEITA 181

— Você tinha uma forma muito nociva de lidar com problemas, quaisquer que fossem. De repente, seus olhos ficavam vidrados, você parava de falar, ia pra dentro de si e eu te perdia. Aí, você ia para um quarto escuro, literalmente, e ficava uns dias lá, num canto. Você tentava resolver seus conflitos sozinha, não dialogava, não conseguia dizer o que sentia. Isso era muito recorrente, se repetia em ciclos.

— A Paula de que me lembro, a do Portal da Divina Luz, tinha um deslumbramento, como qualquer pessoa que entra numa coisa quando é muito nova, e isso gera transformações na vida, não interessando se são positivas ou não. Tinha muitos rituais, hoje é o chá da lua, o chá das mulheres, o chá do não sei o quê. Todas as semanas havia um motivo para estar com aquelas pessoas, para fazer o ritual de novo. Eu não vejo uma Paula muito diferente ou maluca. Ela era uma pessoa inquieta, que não se contentava com coisas rasas, que queria investigar, que queria se aprofundar. E ali deparou com uma experiência forte. Mas sobre a condução eu tenho ressalvas. A questão não é o veículo, mas como ele é conduzido. Você pode afundar em águas em que poderia navegar. Tinha uma coisa de só querer falar com aquelas pessoas, só falar disso, tudo era relacionado com o chá.

— Lembro que uma vez você achou que estava grávida. No final de um trabalho, você falou para todo mundo que estava grávida. E a Alma perguntou: "Mas você já fez o exame?". E você disse que não.

— Você me falou que eu tinha sido um príncipe numa vida passada e tinha vindo pobre dessa vez para aprender sobre humildade.

Couraça

Minha mãe tinha conseguido, finalmente, depois de quatro anos de batalha, zerar o quadro de câncer. Estava curada. Anuncio sua melhora ao final de um ritual. Todos gritam:
— Viva o Portal da Divina Luz! Viva!
Eu estava felicíssima. Além da cura, eu era o centro das atenções, e Alma e Helena me perguntavam sobre todo o processo. Eu sempre tentava me aproximar das duas, mas não sabia como fazê-lo. Então, os poucos momentos em que eu participava de alguma conversa ou em que elas se mostravam interessadas eram muito importantes, como na ocasião em que Alma me pediu pra contar sobre algo que aconteceu no dia seguinte ao meu casamento com Felipe. A gente ainda morava na casinha de vila, antes de nos mudarmos para um casarão na praça Panamericana. Tínhamos soltado o cachorro dele para passear na rua; havia regras rigorosíssimas a respeito dos bichos. Mas um vizinho tinha esquecido o portão aberto, e seu cachorro saiu e foi mordido pelo nosso. O vizinho não teve dúvida: saiu de dentro de casa com o punho fechado e enfiou um soco na cara de Felipe. Eu fui para cima do cara e disse, entre os dentes:

SEITA 183

"Você deu um soco na cara do meu marido?". E foi assim que chamei Felipe de "marido" pela primeira vez. Alma adorava essa história, morria de rir. Esse interesse dela por mim me encheu de contentamento. Na maior parte do tempo, eu me preocupava em mostrar para os outros como eu era querida, como eu tinha amigos, como eu era íntima das pessoas importantes do grupo.

Procurei Renata para que ela me ajudasse com sombras que pairavam sobre mim. Disse a ela que estava achando muito estranhas as mudanças nos trabalhos. Não conseguia me aproximar de Alma e Helena, não conversávamos mais ao final dos rituais. Ninguém passava mal. Isso me encucava. Como os dirigentes e anjos não passavam mal? Eles não estavam tomando a dose inteira? Porque era claro que todos tinham suas questões, e a ayahuasca é imprevisível e implacável nesse sentido. Ela te joga numa questão e você só melhora quando aquilo está resolvido, ou pelo menos encaminhado. Ou estávamos todos nos iluminando?

— Você tem que ler *O assassinato de Cristo*, de Wilhelm Reich — disse Renata. — Você vai entender como as pessoas entram numa coisa que ele chama de "peste emocional". As pessoas têm uma pureza, todos têm uma pureza inicial. Todos vêm ao Portal buscando recuperar essa pureza, mas as pessoas sugam muito também. A carência é enorme. A líder, diante de muita gente que não tem estrutura emocional, tem que vestir uma couraça mesmo. Pra se proteger dos ataques inimigos. Ela tem que se proteger porque, se não se vestir com uma couraça, ela será crucificada. Qualquer pessoa que está numa posição de liderança passa por isso.

Reich fala que todos nós nascemos como Cristos e somos assassinados. Porque o que se exige do guia espiritual é que ele te ame, amar ao próximo como a si mesmo, que ele te ame como ama a si mesmo. E se ele não te ama tanto quanto ama a si mesmo, ele é um filho da puta. Ele é um charlatão. É muito fácil crucificar. Mas você o colocou na cruz também, porque ele nem estaria lá se você não tivesse idolatrado esse guia. Então, nesse livro, ele conta por que, na verdade, assassinaram Cristo. Se tivesse virado um tirano religioso, ele não teria morrido. Quem sabe teria criado ele mesmo a própria Igreja Católica? Mas ele não teria morrido. A compaixão move as religiões inicialmente. Você realmente quer que as pessoas se libertem das suas mazelas, mas tem muita gente doente emocionalmente. Então, Alma se dispôs a servir ao próximo, e a distância é uma proteção. Agora, ela é humana, ela comete erros, mas ela tem que segurar a onda, e nós temos que ajudá-la em nome do ritual. O ritual é soberano. Precisamos fazer isso para que o ritual, que é nosso maior objetivo comum, continue a acontecer. Olha, estamos todos mais firmes que nunca. E nossa vida está melhor, não está? Estamos todos bem. Então, firmeza, amada, firmeza.

Recebemos um e-mail de Eduardo e Alice, o advogado e a *performer* que tinha sido rechaçada por Alma depois das gravações na viagem à Amazônia. Eles estavam se desconectando do Portal. Não explicavam o motivo. Fomos instruídos a não questionar, a não nos intrometermos naquele assunto. Obedeci.

Acompanhei minha mãe a mais uma consulta. O médico tinha recebido os resultados de seus últimos exames. Pontos do câncer haviam reaparecido nos três órgãos, intestino, fígado e pulmão. Dessa vez, a reação de minha mãe não foi tão animada. Dava para ver que ela estava cansada depois das três cirurgias e dos tratamentos constantes. Ligo para meu pai e para Juliana e transmito minha preocupação, não sabia se dona Ione teria forças para lutar mais uma vez. Não sabia o que fazer nem se tinha sentido continuar a quimioterapia ou submetê-la a mais cirurgias. Eu não estava conseguindo lidar com a situação. Meu pai disse que conversaria com os médicos.

Nos meses seguintes, empenhada por minha mãe, fui a todos os rituais, e aconteceu algo muito forte. Soube que um rapaz que convivera comigo na infância e pré-adolescência tinha morrido depois de uma overdose. Fiquei muito tocada com a notícia, porque Felício era um cara ótimo, engraçado, simpático, dessas pessoas que se dão bem com todo mundo, o amigo predileto de todas as mães. No meio do trabalho, ouço uma voz me dizer que era Felício. Peço uma confirmação e imediatamente minhas orelhas ficam quentes, queimando de calor. Felício tinha orelhas enormes. Choro, emocionada. Ele me diz que se arrependia muito, mas que já estava melhor, que já podia fazer a passagem. Havia uma espécie de hospital no plano espiritual, que atendia mortes repentinas, violentas ou traumáticas. Felício me pede para falar com seus pais e diz que seu maior arrependimento era a dor que estava provocando em sua família. No dia seguinte, passei de carro em frente à casa de seus pais, mas não tive coragem de bater à porta.

Aproveitei que Felipe estava viajando, fazendo outro curso de cinema, dessa vez em Recife, e organizei um ritual na nossa casa. Morávamos num casarão, um sobrado enorme com quatro suítes. Os pais de Felipe não se conformavam de morarmos numa casa tão pequena como a anterior. Nessa nova casa havia uma sala grande, com piso de madeira e lareira, que deixamos sem móveis, para Felipe praticar ioga e eu, kung fu. O jardim também era enorme, com uma piscina no fundo. Eu administrava dois funcionários, que trabalhavam na casa todos os dias. Certa vez, num rompante de dona de casa, papel no qual nunca me senti bem, percorri a casa inteira resolvida a trocar todas as lâmpadas queimadas. Somei vinte e cinco dicroicas.

Para aquele ritual, dispensei os funcionários, arrumei a casa e coloquei, na grande sala com piso de madeira, uma mesa para um ritual de cura. Edna foi a dirigente do dia, Daniela e eu, os anjos. Um rapaz novo começou a se movimentar violentamente, caindo no chão com força e se debatendo. Peguei umas coleiras do cachorro de Felipe e, com a ajuda de Daniela, amarramos suas pernas e seus braços e o levamos para outra sala. Conseguimos acalmá-lo apenas no último hino. Edna vem atendê-lo, pergunta-lhe se ele tinha impulsos suicidas. Na mosca. Ele começa a chorar e diz que sim. Edna pede para Daniela e eu sairmos, e deixamos os dois ali, sozinhos. No banheiro, havia marcas de vômitos que iam até o teto.

O ritual seguinte também me tocou muito. Era o segundo naquela mesma semana, dessa vez na oca principal. De repente, sentada, olho minhas pernas. *Estão grossas*, penso, *Minha avó. Nadir, vó Nadir.* Sinto um calor na orelha direita. Ela me diz para falar com minha mãe, para dizer a ela que fique tranquila, porque, quando chegasse a hora, ela viria lhe buscar. Foi chocante. Minha mãe estava morrendo? Minha mãe ia morrer? Como eu diria isso a ela? Não imaginava essa conversa. Ela nunca se interessara pelo Portal; pelo contrário, sempre evitava o assunto.

A resposta veio de modo surpreendente. Dona Ione me ligou, perguntou-me sobre o Portal e me pediu para levá-la a um ritual. Minha mãe, que nunca quis saber sobre os trabalhos, queria conhecer aquele lugar.

Minhas escolhas ruins. A garra de pescar crenças inúteis paira sobre minha cabeça. Quero quebrar o pote de vidro, mas sei que ele já está vazio. Não é possível desfazer esse relicário de pesadelos em que me enfiei.

Relicário de pesadelos

Espero minha mãe dentro do carro. Ela aparece no portão do prédio. Havia duas semanas apenas que não a via. Sua aparência me chocou. Estava mais magra e a pele do rosto estava bem manchada, as olheiras fundas. Disfarço minha reação com aquele sorriso sereno.

As marcas do kambô no meu braço ainda ardiam. Três dias antes, eu tinha participado de um ritual na casa de uma amiga, também atriz, com um índio axaninca. Ele abria a pele com um palito, em três pontos do braço, e aplicava o kambô, veneno de sapo, que rapidamente entrava na corrente sanguínea. A intenção era mais uma vez a cura de minha mãe. O índio dissera que havia entidades no quarto dela, no hospital, orando por ela, e que tudo ficaria bem.

Chegamos na oca. Ajudo minha mãe a caminhar. Estava muito debilitada. Eu a levo até Alma, que diria se ela poderia ou não participar do ritual. Ela deu uma olhada rápida em dona Ione e assentiu.

Nós nos sentamos em roda. Era um ritual pequeno, para os integrados mais antigos. Minha mãe ficou sentada ao meu lado. Enquanto a bebida era servida, Helena, a sacerdotisa, introduzia o trabalho, dizendo que éramos trinta e duas pessoas.

— Número cinco, que significa o que é livre. Representa a liberdade e o espírito de aventura, de mudanças, de versatilidade e de viagens. Introduz a ideia de movimento, de velocidade e de tempo, que acaba com a estabilidade, a determinação e a ordem limitada. Simboliza a revolução sem a qual a transformação e a evolução não seriam possíveis. É o número da transformação. O cinco é o transgressor.

Viro de uma vez o copo com uns cento e cinquenta mililitros de ayahuasca. A cada vez, o gosto parecia ficar pior. Como em seguida as uvas, que nunca mais deixarão de me lembrar aquelas reuniões. A dirigente entoa a mentalização inicial e o trabalho começa. No terceiro hino, sinto uma tontura. *Estou entrando em transe*, penso. Minhas mãos estão frias, me sinto mal. Vou até o banheiro e peço, com todo o meu ser, que todos os males que afligem minha mãe passem através de mim. Vomito um jato cor-de-rosa fosforescente. Vomito três vezes e me impressiono com a quantidade de líquido brilhante que sai de mim. Vejo bichos. Uma legião montada em cavalos, usando armaduras, vindo por trás de mim e saindo pela minha boca. *Caralho, é hora de limpar a ancestralidade inteira?*, pergunto-me. Quando me sinto melhor, tento voltar ao meu lugar. Percebo que passei um bom tempo no banheiro. Já estamos no oitavo hino, quando chamam os anjos de luz. Algo me faz cair no chão.

Estou em lágrimas, no meio da roda, as mãos voltadas para trás. Estou dando passagem a uma entidade de luz e sinto essa energia irradiar por toda a sala, atravessando todos os presentes. Com os olhos semiabertos, vejo Daniela dançando ao meu lado.

Volto a me sentar no meu lugar. Olho para as minhas pernas. *Estão tão grossas*, penso. *Vó Nadir.* Sinto a presença de minha avó. Olho para minha mãe. Ela está sorrindo, de olhos fechados, ouvindo um hino que fala de paz e alegria. É a primeira vez, em anos, que vejo minha mãe tão tranquila.

O trabalho é encerrado. Eu e minha mãe nos abraçamos.

— Loirinha, eu te amo — diz ela.

Eu apenas choro. Vou até onde estão servidas as comidas e pego um prato de sopa de legumes. Quando volto para oferecê-lo à minha mãe, ela está sentada no sofá, olhando para o nada, a cabeça encostada em grandes almofadas, as mãos sobre o colo.

— Mãe, quer um prato de sopa?

Ela não responde. Toco seu braço, mas algo não está certo. Balanço seu corpo.

— Mãe — chamo.

Daniela percebe o que está acontecendo. Ela me pega pelo braço e me afasta um pouco. Alma vai até minha mãe, toca-a. Beto também se aproxima. Eu olho para Daniela como quem diz que está tudo bem. Volto a me aproximar e pego nas mãos de minha mãe. Silêncio, ninguém diz nada. Todos sabem o que aconteceu. Alma chama Daniela e diz algo em seu ouvido. Daniela diz algo no ouvido de Yara. Helena e Renata também estão por perto. *O Comando Fênix*, penso. Olho para elas, assentindo. Eu e Alma apoiamos delicadamente o corpo de minha mãe, deitando-a no sofá, os olhos já fechados.

— O que você quer fazer? — pergunta-me Alma, com suavidade.

— Não sei.

— Sugiro que cantemos para ela. O que acha? Escolheremos os hinos mais bonitos. Acha que ela gostaria disso?

Digo que sim e começo a chorar. Choro muito. Abraço os amigos. Renata traz o violão, o único instrumento, e Beto, Yara e Daniela se sentam no chão ao meu lado. Entoamos os hinos mansamente até o amanhecer.

Aqui embaixo a terra é fria
Mas acima eu vejo as cores do céu
Eu deixo tudo com alegria
E com amor atravesso esse véu

As luzes brilham e irradiam
O divino Deus me chama com amor
Deixo aqui dores e alegrias
Para embarcar nesse esplendor.

Estávamos todos serenos, felizes por participar da passagem de um ente querido de um dos integrantes do Portal. Alma me afasta das outras pessoas, acompanhada de Dedé.

— Paula, não acho bom você ligar para a ambulância daqui — diz ela, medindo as palavras. — Haveria muitas perguntas. As pessoas podem interpretar mal o que se passou. Não seria bom para o Portal nem para você, entende?

— Por que não levamos o corpo de sua mãe até a casa dela? Ela mora num apartamento? — emenda Dedé.

Aceito. Beto oferece seu carro e, junto com Dedé, acomoda o corpo de minha mãe no banco de trás. Daniela a cobre com um lençol. Beto dirige; estou sentada ao seu lado, no banco do passageiro, Dedé está atrás com minha mãe. Percebo uma preocupação por parte dos dois. O que aconteceria se fôssemos parados por uma batida policial na rua? Ao chegar no prédio, entramos com o carro na garagem. Aceno para o porteiro.

— Bom dia.

Estacionamos. Os dois tiram minha mãe do carro e a colocam no colo de Beto. Entramos no elevador, aperto o número seis. Silêncio enquanto subimos os andares. Estamos no apartamento. Beto coloca minha mãe em sua cama. São oito horas da manhã. Ligo para meu pai.

— Pai, estou aqui. Cheguei no apartamento e encontrei a mamãe. Ela morreu.

Fagulha divina

Dois meses depois, eu engravido. Aquelas cenas lindas. Eu sentada na privada, Felipe com o teste de gravidez nas mãos. Os minutos mais longos da nossa vida. Ele aperta as covinhas. Estou grávida. Dizem que é melhor esperar os três primeiros meses antes de dar a notícia, mas em quinze minutos ligamos para toda a família. Começamos a arrumar a casa, separamos um quarto, o quarto do bebê. Ana, se for menina, Antônio, se for menino. O nome da minha mãe, nunca. Rimos. A decoração verde ou amarela. Conseguiremos segurar a ansiedade até descobrir o sexo do bebê? A tristeza de saber que minha mãe não iria acompanhar aquele momento. Juliana aliviada por essa pressão ser tirada de suas costas. Meu pai dizendo que agora era preciso botar corrimões nas escadas. Felipe, o cara mais feliz e orgulhoso do mundo. Daniela me dá um macacãozinho com estampa de penas de índios. Yara me dá um minimaracá. Beto põe as mãos na minha barriga, dizendo: "Oi, seu sortudo, já nascendo dentro da verdade". Eu acariciando minha barriga e dizendo para as pessoas que me perguntavam na rua se eu não ia mais fazer novela: "Agora estou com esse projeto aqui, ó".

Felipe não gostava que eu fosse aos rituais durante a gravidez e brigávamos muito por causa disso. Ele dizia que era perigoso, mas eu conhecia muitas mulheres que tinham tomado ayahuasca enquanto estavam grávidas, inclusive durante os partos. Elas já levavam os bebês nos trabalhos e molhavam as chupetas na bebida como um batismo. Eu respondia a Felipe que a ayahuasca era sagrada e que uma bebida que contém a fagulha divina não poderia me fazer mal, nunca, nem ao meu bebê.

A gravidez seguia, mas ainda não tinha aparecido a barriga. Eu me sentia muito bem. Ficava ao sol do fim da tarde no nosso quintal, debaixo de um pé de pitanga, tentando sentir aquele serzinho tão pequeno, um feijão. Mas as brigas com Felipe se acirravam. Agora que eu estava grávida, ele não admitia a intrusão do Portal na nossa vida nem minha presença constante nos rituais. Ele temia pela influência da ayahuasca no desenvolvimento do bebê e pela interferência do Portal na educação da criança.

Clarão

Estou só, apoiada no fogão da cozinha gourmet, que deixou a sala de baixo muito confortável depois da reforma. A empregada e o caseiro já foram embora e apenas os seguranças estão no portão da casa. Felipe estava em Cuba, fazendo outro curso de cinema. Eu me apoio no fogão. *Não estou só*, penso, passando a mão na barriga e rindo, me lembrando de *Orlando*. Eu olho os livros na prateleira e penso no livro do iogue que falou sobre habilidade paranormal e vaidade, as dissidências, os leilões. Penso na minha mãe e, de repente, vem um clarão. Um estalo.

Tudo desaba de uma vez em cima de mim. Cenas deslocadas se tornam claras. Junto todas as peças, as brigas com Felipe, as pequenas mentiras e as grandes grosserias de Alma, os noventa mil reais. Ai, os noventa mil reais. Eu tinha doado meu apartamento. No-ven-ta mil re-ais. Sinto meu corpo ferver, meu sangue borbulhar. *Meu Deus, estou louca, estou louca.*

Ligo para Felipe.

— Você estava certo. Eu entendi tudo. Meu Deus, entendi tudo. Eu estava louca, estava louca.

SEITA 197

— Calma. — Felipe estava assustado do outro lado da linha. — Calma. Espera eu voltar. Não faz nada, não fala com ninguém, por favor. Está me ouvindo?

Eu não estava. *Se havia algumas mentiras, o que era verdade?*, pergunto-me. Se a dirigente não recebia o mestre espiritual em todas as sessões, então ela fingia em todas as sessões? Se ela fingia que recebia o mestre, pode ter fingido que recebeu os hinos? Começo a rever minhas experiências. Será que alguma resiste ao fato de que um alucinógeno tão forte pode me ter feito ver as pernas de minha avó nas minhas, ouvir o sussurro de Felício, ver os anjos nas nuvens e as mulheres dançando no fogo?

Respiro. Penso em me acalmar pelo bem do bebê. Felipe chegaria em três dias. Três dias infinitos. Os primeiros três dias em sete anos que eu não rezaria antes de dormir, não acenderia incensos, não borrifaria essência de álcool e alfazema nos cantos da casa, não meditaria pensando nas cores do arco-íris, não pensaria em combinar as cores das minhas roupas com os dias da semana, não tomaria água benzida no centro espírita. Meu Deus.

Felipe chega. Não espero ele colocar as malas no chão.

— Não posso mais ir àquele lugar. Não quero ver ninguém. Não volto mais lá. Nunca mais.

— Calma. Você tem que ter muita calma. Você não pode dizer tudo isso para eles.

— Não digo nada. Eu digo que não quero mais tomar ayahuasca. Que desenvolvi uma alergia súbita. Que não posso mais entrar em transe, qualquer coisa. Você acha que eles podem me fazer mal? Eles vão fazer meditações para eu voltar, vão fazer um vodu pra mim, com certeza.

— O perigo é algum louco pegado de chá achar que é Jesus Cristo, tentar legitimar as ameaças da Alma e dar um tiro na sua cabeça.

Uma sequência de dias frios.

— Alô, Beto? Eu queria conversar com voc...

Vem a resposta automática da operadora. "Sua chamada está sendo encaminhada para a caixa de mensagens e estará sujeita à cobrança após a identificação."

Tento outra vez.

— Alô, Beto?

— Paulinha, já te ligo. Estou no meio de uma reunião.

— Oi, Paulinha, tudo bem? — diz Beto, retornando minha ligação.

— Tudo ótimo. Eu queria falar com você. Você está em casa?

— Não, estou na rua. É urgente, amada? Pode adiantar?

— Não, não é urgente, não, mas queria falar contigo.

— Você pode ir lá em casa hoje à noite? Às oito está bom pra você?

— Tá bom, sim, Beto, obrigada.

— Oi, amada. Passei um café, quer? Tem chá também, prefere?

SEITA   199

Quando você diz "meu amor" ou "eu te amo" não há dúvidas de que quer dizer que sente amor por aquela pessoa. O amor é seu e está sendo direcionado a alguém específico. Muito diferente é dizer "amado". A expressão "amado" é impessoal. A pessoa não é necessariamente amada por quem diz "amado".

É quase um prêmio de consolação: você é amado, pode não ser por mim, mas com certeza é amado por alguém. Sempre que ouço esse "amado" nos ecos da minha memória sinto um impulso violento, não a violência de quem esmurra uma parede, mas a de quem mergulha lentamente um besouro num copo de Fanta laranja. Ouço alguém me chamar de "amada" e, do lado de fora, ofereço meu sorriso sereno como resposta, mas estou amassando um papel celofane dentro da barriga.

— Vou aceitar um chá.

Abrir e fechar de geladeira. Frutas secas. Água esquentando no fogo. Saquinho de chá. Xícaras, pires. "Como estão os trabalhos?" "Está ensaiando alguma peça?" "E seu pai?" E todo esse *et cetera* que serve para fugir do que realmente interessa.

— Fala, Paulinha.

— Então, sei que pode parecer estranho, mas... não quero mais tomar ayahuasca. Sinto que meu caminho com a planta terminou. Quero continuar trabalhando minha espiritualidade sem ela, sem entrar em transe.

— Mas... Calma, Paulinha, aconteceu alguma coisa? Por que você está sentindo isso?

— É uma certeza que me veio, muito clara, e já tem um tempo. Eu sinto que não devo mais alterar minha consciência.

— Paulinha, isso é muito sério. Você tem certeza? Se você se desconectar do Portal agora, nunca mais vai cruzar com a gente. Nem nesta nem em outras vidas. A gente se encontrar aqui, agora, é uma sorte, uma conjunção de fatores muito especial. Se você se desconectar hoje, é para sempre.

Tomara, tomara, tomara muito, pensei.

— Você vai interromper os ensinamentos, as lições que Helena está te passando — continuou ele. — Interromperá tudo. Nunca mais vai retomar.

Um tempo. Eu sei tudo isso. O que ele não sabe é que tenho medo. O medo é o último fio que me liga àquilo. Não vou ficar só por medo.

— Você conheceu Felipe no Portal. Vocês se casaram no Portal. Esse filho que você está esperando é do Portal da Divina Luz.

Não respondo, não sei o que dizer. Estou a ponto de chorar, que ódio.

— Faz o seguinte... Vai a mais um ritual e pede a confirmação. Depois de amanhã, tem trabalho da Edna. Vai lá e pede uma resposta.

— Obrigada, "amado", vou fazer isso. Preciso ir agora. Amanhã acordo cedo.

Chego na casa onde ia ser feito o trabalho. Converso com todos normalmente. Ninguém sabe o que realmente estou fazendo ali.

Acerto os cento e vinte e seis reais e entro na fila. O anjo do dia me serve um copo com ayahuasca. Bebo de uma vez. Sento-me. Abro o hinário. O gosto amargo da ayahuasca no fundo da garganta, a bebida descendo pesada até o estômago. O transe se abrindo. Assim que o chá faz efeito, ouço as músicas com distanciamento pela primeira vez. Um assombro. A maioria delas fala na voz de um Deus que vigia e pune, que castiga. As letras e as melodias são muito pobres. Chegam a ser infantis. Como não notei isso antes? Pela primeira vez, o rito não está em mim, está fora de mim, e apenas observo. Já tenho minha decisão, sinto que não preciso de confirmação. Um alívio, uma alegria. Sinto a egrégora toda me felicitando.

É uma festa por minha libertação. Começo a me sentir mal, mas seguro a onda até o final.

Espero o trabalho acabar. Faço o lanche com todos. Olho as pessoas ao meu redor; eu conhecia as histórias de muitas delas, um tinha problemas no casamento, outro estava desempregado, outro vivia problemas com os filhos, mas todos estavam rindo. *Do que riem, meu Deus?* Volto para casa sozinha. Estou passando muito mal, mas mais feliz do que nunca. Foi a última vez. Nunca mais voltaria a pôr os pés naqueles trabalhos, nunca mais tomaria ayahuasca.

Agora, faltava apenas uma etapa do desligamento: conversar com Alma.

Ligo para Fábio.

— Preciso te ver. Você pode me encontrar agora? É urgente. Vou até o apartamento dele.

— Pode falar, me conta tudo — peço a ele. — Só agora entendo você. Nossa, e Felipe também estava certo o tempo todo.

— Você ficou impressionada com o lance da picada de abelha. É isso... A gente é instado a ver sinais em tudo, e as coincidências ganham um peso enorme. Nem nos lembramos de tudo o que não coincidiu. Nosso cérebro funciona assim, para nos dar uma sensação prazerosa de que as coisas fazem sentido. Eu me lembro de um ritual em que Alma disse: "Vocês querem a comprovação? Então eu vou mandar um sinal". E trovoou. Ela disse: "Querem mais um sinal?". E trovoou de novo. Ficamos impressionados. Mas ninguém se lembra das vezes em que ela fez a mesma coisa e não houve sinal algum. Bom, senta que lá vem. Eu não sabia disso naquela época, mas fazia tempo que Alma procurava um médico de verdade para ser membro do Portal. Quando entrei, meu status de doutor formado em psiquiatria me colocou direto no alto escalão. No mesmo mês eu já participava das reuniões de cúpula.

Um dia, visitei Alma para conversar sobre um integrado do Portal, alguém que eu tinha certeza de que não devia mais tomar ayahuasca. Ele era psicótico, tinha tido um surto durante uma sessão. Mas Alma insistiu que a bebida era sagrada e que não podia fazer mal a ninguém e continuou ministrando doses a todos, sem restrição. Alma me fez esperar na antessala de sua casa. Eu esperei durante o tempo de uma novela, do jornal, de outra novela. Depois do outro jornal, ela veio falar comigo. Eu já estava puto. Não estava acostumado a ser maltratado por ela, pelo contrário, sempre tinha sido mimado. Fui embora. Mas ali eu vi o que estava começando a acontecer. Nos intervalos, Alma assistia a cultos evangélicos. Talvez ela estivesse aprendendo com eles.

Nuno começou a sacar Alma e dizer as coisas pra ela, na cara dela. Dizer que ela mentia, que não existia mestre nenhum, que ela não tinha nenhuma conexão espiritual elevada. Alma se sentiu ameaçada e começou a dizer que ele não era o que parecia. E o foda é que todo mundo começou a tratá-lo mal, desprezá-lo, ridicularizá-lo. Impressionante. Todo mundo: Renata, Daniela, Yara, Beto, até você. Como as pessoas são cegas. Cordeirinhos, são todos cordeirinhos.

Então, Nuno escreveu aquele e-mail e foi expulso. Só que eu fiquei. E comecei a espionar para ele, contar a ele tudo o que acontecia, e ele começou a postar as verdades no Facebook. Alma ficou louca, achando que ele estava dentro da cabeça dela. Ficou apavorada. Ela morria de medo dele. Então, começou aquela noia de que havia espiões espirituais nos trabalhos e as aulas de aiquidô e tudo.

— Não acredito que vocês fizeram isso — digo.

— E tem a história com Dedé. Bom, eu fui para o Portal numa fase muito ruim da minha vida. Eu estava num momento difícil, emocionalmente falando. Eu vivia uma história que só eu sabia. Na época, não lidava bem com a bissexualidade. Eu era apaixonado por uma pessoa que não tinha nada a ver e escolhi guardar isso pra mim.

— Era Felipe?

Fábio não responde.

— Só que o tempo foi passando, e a paixão não passava. E eu fui ficando muito ruim, muito mal, e não conseguia falar sobre isso com ninguém. Estava bem perdido, bem triste, com uma autoestima pra lá de baixa. Minha primeira experiência com a ayahuasca foi muito boa, porque me tirou daquele lugar de tristeza. Foi um êxtase. Essa experiência foi muito impactante, e, ao mesmo tempo, tive aquela sensação de um lugar conhecido.

E aí, na semana seguinte, eu fui de novo. E nesse trabalho você me apresentou à Alma, que me apresentou Dedé. A gente já começou a conversar na hora, e ele já meio que me seduziu.

— Foi assim que ela te pegou? Pelo emocional?

— Sim, porque Dedé começou a desenvolver uma relação comigo, então consegui esquecer o cara por quem eu era apaixonado e comecei a me encantar por ele. E, junto disso, imediatamente, eles começaram a me convidar pra ir às reuniões na casa da Alma.

Dedé me chamou pra trabalhar com ele. Eu tinha dois anos de formado em psiquiatria, e começaram a vir muitos pacientes pra mim. Eles começaram a me encaminhar as pessoas que davam errado, que surtavam depois de tomar ayahuasca. Pra eu dar um jeito. Com o tempo, eu fui percebendo que a relação com Dedé não ia dar em nada. A gente viajou junto, e ele é do tipo que não consegue lidar com a bissexualidade dele. Ele adora, já teve experiências, mas o judaísmo o afastou completamente, inclusive ele acha que é uma doença. E ele fala isso para os pacientes dele. Fala que Freud falou não sei o quê. Já vi algumas cenas dessas. São terríveis.

Com o tempo, comecei a não validar mais a prática deles, isso de acharem que estavam fazendo milagres, de acharem que estavam curando as pessoas. Quando as pessoas vinham pra mim, eu via que não estavam curadas porra nenhuma. Estavam curadas no fim do trabalho, pra dar o depoimento e ser aplaudidas, mas a questão que a pessoa estava trabalhando continuava ali, patinando. Era o que o Portal da Divina Luz fazia. E a sexualidade era uma das formas de manipulação. Existia esse discurso de que homossexualidade e bissexualidade são desvios, de que são uma coisa que você precisa curar em você. Teve uma cena com uma amiga minha. Ela levou a namorada para o ritual, e a Alma falou: 'Você não pode ficar andando de mão dada aqui. Você é homossexual, mas tem que ter discrição'. Minha amiga ouviu isso e baixou a cabeça, mas depois veio falar comigo. Disse que a gente tinha que fazer alguma coisa. Eu levei a questão para o núcleo de saúde. Nesse dia, muita gente apareceu, uma galera que estava incomodada. Eu estava me sentindo supercorajoso, querendo falar sobre isso. Nem era só a minha visão, mas a visão médica. Eu disse: "Ó, a medicina diz isso sobre isso, entenderam? Lidem com essa informação. É o que a ciência já conseguiu descobrir sobre o assunto". Isso causou uma comoção, e Dedé, tipo, encerrou a reunião.

— Mas e as duas? — perguntei.

— Elas dizem que a relação delas vem de outras vidas, que é espiritual. É óbvio que é carnal também, mas elas são discretas. Eu nunca vi um selinho. Mãos dadas, nada. Elas dormem juntas, transam, mas publicamente não demonstram nenhum afeto, que é o que ela acha que todo mundo que é homossexual deveria fazer. Na minha visão, é assim que ela prende uma grande parte das pessoas. Porque, de alguma forma, ela alimenta a culpa fazendo isso. A mensagem que está passando é: "Você é homossexual. Isso está errado, mas eu vou te aceitar porque eu também sou". Entendeu?

— E eu não via nada disso. Que merda.

— Pois é, eu falava, e você não queria ouvir.

— E Eduardo e Alice?

— Não sei, nunca mais encontrei ninguém. O último trabalho de que participei foi aquele dos leilões.

Esse trabalho tinha sido horrível. No final do ritual, a gente estava reunido numa rodinha e Alma disse, rindo: "Imagina se tivesse um *free shop* na saída do trabalho? As pessoas iriam deixar as calças". O mais louco é que ela dizia tudo, não escondia nada, e a gente achava a maior graça.

Eu me encontrei com Eduardo e Alice em sua bela casa, na Vila Madalena. Ficava no limite do bairro, longe da agitação. Em primeiro lugar, eles me pediram para deixar a bolsa, em especial o celular, numa sala ao lado. Estranhei, mas logo veio a explicação.

— Fiz por volta de quarenta vídeos para o Portal — conta Alice. — Eu sempre pedia, quando estava editando, que Deus protegesse aquelas imagens, que aquilo fosse para o bem. Mas, no final, as imagens foram usadas contra nós. Alma nos ameaçou, disse que iria expor os vídeos publicamente se saíssemos do Portal. E isso poderia ser bem ruim para Eduardo, um advogado ligado a um grupo ayahuasqueiro. Pedi ajuda a um amigo que tinha acesso ao computador dela, e, por três dias inteiros, ele apagou nossos vídeos.

Eduardo tinha uns cinquenta anos, Alice, uns quarenta e cinco, com um filho de treze anos. Ele era do núcleo jurídico do Portal, e ela, da comunicação. Os dois eram muito suaves, calmos e educados. Estavam bem receosos, tomavam cuidado ao dizer cada palavra. Contaram que, assim como eu, não tinham um problema aparente quando entraram no Portal. Pelo contrário, sempre tiveram muito dinheiro, iam sempre a Nova York, Londres, Paris. O casamento estava ótimo.

— Eu trabalhava com Gustavo — continua Alice. — A gente tinha uma produtora juntos. Logo desfizemos a parceria, éramos muito diferentes, temperamentos incompatíveis. Foi Gustavo quem nos convidou para conhecer o Portal. Ele estava na fase do encantamento, não falava em outra coisa. Então, fui sozinha ao trabalho de inauguração da oca. Foi terrível, Alma estava enlouquecida, batia com o maracá na cabeça das pessoas. "Vocês são cachorros!", gritava. Passei muito mal, saí da roda e fui para perto das árvores. Alma me viu e perguntou se eu era uma cobra, e eu disse que sim.

— Eu estava nesse ritual. Alma me disse a mesma coisa.

— Fiquei curioso — diz Eduardo. — Gustavo dizia que aquilo era o máximo, e Alice dizia o contrário. Então, fomos juntos num trabalho de finados. Tinha umas doze ou quinze pessoas apenas. Entrei em êxtase. Foi um reencontro de outras vidas. Entrei em contato com uma memória de alguma coisa perdida.

— Um dia, fui falar com Alma — diz Alice. — Eu queria perguntar qual era o motivo daquela postura agressiva. Alma disse que não sabia responder, mas que via que as pessoas estavam melhorando. "Não estão?", perguntou. Então, ela achava que tinha que continuar. Ela justificava esses rompantes dizendo que era o contato com uma energia muito forte que estava sendo lapidada ou que estava falando com o obsessor da pessoa.

— É difícil saber quando é grosseria e quando é firmeza — completou Eduardo. — A coisa começou a ruir para mim quando Alma destratou João. Ela entrou com uma violência... Acabou com ele na frente de todo mundo. Ela detecta rápido o ponto fraco das pessoas. E as fisga, às vezes com elogios, às vezes dizendo que se a pessoa não for lá, não vai conseguir engravidar, por exemplo. Então, você acha que ela é uma mestra, que está vendo tudo, que vai te curar, que, se virar as costas, você vai ser um fracasso.

— Teve uma vez em que eu era anjo e Alma me fez pisar na cabeça de um cara e me disse que eu poderia matá-lo se ele se levantasse.

— O caminho de aprisionamento vai da gratidão à escravidão — disse Eduardo. — Ela manipulava essa gratidão e criava esse exército. Não pode pensar, mas tem que ser forte, tem que ser preparado. E ela falava tudo. Isso é o mais louco. Ela falava que nos mantinha ocupados porque assim não teríamos tempo para nos deprimir, para pensar muito. Acredito que a manipulação começa na preparação da bebida. Pode haver manipulação da energia no momento do plantio, dependendo do que se canta naquele momento. Alma dizia que era uma questão financeira, que era preciso produzir a própria bebida. Mas, para mim, ela imantava as intenções que queria transmitir já na bebida. A gente pode ser manipulado em aberturas de planos. Os desvios são minúsculos no começo, mas são enormes lá na frente.

Havia grupos secretos. Quando tudo acabou, descobrimos que eram cinquenta pequenos grupos. Alma nunca me chamou para participar desses pequenos grupos escusos, porque ela sabia que essa prática estava fora do estatuto que eu mesmo tinha ajudado a escrever. Ela sabia como tratar cada um. Cada grupo era direcionado a pessoas específicas. Ela pedia segredo, ninguém podia contar o que acontecia. Até que chega um ponto em que você não tem com quem falar. Começa a desconfiar dos amigos. Cria um clima de insegurança. Alma perguntava para um e outro o que tinha acontecido, o que fulano tinha dito. Para mim, Alma é esquizofrênica. Passa de avozinha boazinha para um cão. Como a bruxa da Branca de Neve.

— Vocês nunca pensaram em denunciar? — pergunto.

— O problema de essa história se tornar pública é o preconceito contra a planta aumentar. A gente não conta que toma o sacramento porque as pessoas não aceitam, não entendem. Não há como julgar o que aconteceu. No plano espiritual, não há como entender, assim como não se entende a morte de uma criança de seis anos. São os mistérios.

— Alma deslegitima quem sai. Quando nós saímos, o abalo foi grande, porque a gente dava credibilidade àquilo. As pessoas viram que um membro importante do jurídico e um membro importante da comunicação tinham saído. Algo tinha que estar errado.

Então, Alice conta sobre o trabalho que a fez se decidir a sair.

— Durante um ritual, comecei a antever tudo o que Alma ia fazer, como se estivesse numa conexão telepática com ela. Alma tinha pedido que eu escrevesse uma lista com o nome das pessoas que haviam saído do Portal, e eu tinha essa lista, porque era eu quem apagava os e-mails do *mailing*. Eu escrevi a lista. Na hora do trabalho, no momento em que se lê e se queima o nome dos mortos, para pedir intercessão divina por eles, para que se encaminhem para o astral, Alma chamou Eduardo e pediu para ele ler o nome das pessoas que tinham saído. Eu vi um vulto, uma presença escura.

Então, Alma disse que a iniciação daquelas pessoas estava interrompida por vinte e seis mil anos. Naquele momento, eu vi imagens de outras vidas, vi que aquilo já havia acontecido e não poderia mais acontecer. Então, fui instruída. Uma voz me disse para não abrir mais a boca, e não abri mais a boca durante o resto do ritual. No final, Alma foi com Eduardo até perto do lago, onde enterraram os nomes. Ela disse a todos para não falar uma palavra sobre o que haviam visto. Mas eu fiquei indignada. O que eu deveria fazer? Porque eu sabia o que eu tinha visto. Ela tinha amaldiçoado aquelas pessoas e as jurado de morte? Então, no final, comecei a perguntar se as pessoas tinham visto o que havia acontecido. Fiquei muito tensa. E disse a alguém ali: "Acho que o mestre, ó, foi embora". Nervosa, empurrei Helena, que estava vendo a minha cara, e disse que queria falar com Alma sozinha. Perguntei a Alma: "Você acha que é bom fazer isso?". E Alma disse: "Você está com medo do poder. Eles estão fazendo mal pra gente, estão roubando nossa força. Isso sempre foi feito". E eu disse: "Mas a gente não faz mais esse tipo de coisa na era de aquário. Esses não são os valores do Portal". E ela respondeu: "O Portal da Divina Luz vai muito além disso".

Depois, comunicamos nossa saída, e eu disse a ela que estava à disposição para conversar. E eu e Eduardo fomos almoçar lá na casa dela. Nessa conversa, Alma disse: 'Não se preocupe. A gente não vai mais fazer isso. Eu não devia ter feito na frente de vocês'. Disse que eu estava com um obsessor, que eu era uma fraca, que nem parecia uma iniciada. Perguntou pra mim qual daqueles nomes tinha me incomodado mais. Perguntou se era o nome do Fábio. E começou a insinuar que a gente tinha um caso.

Saímos sem dizer a razão a todos. Decidimos não contar pra ninguém o que gerou a decisão. Beto ligou, mas eu não contei, até que Alma mesma contou a ele o que tinha acontecido, num tom do tipo 'você acredita que foi por causa dessa bobagem?'. Na mesma época, peguei uma meningite rara. Alma começou a dizer às pessoas para terem cuidado porque quem tem meningite fala coisas sem sentido.

Sangue

Alma abre a porta. Subo as escadas escuras. O silêncio é cortado apenas pelo barulho dos nossos passos. Estamos só nós duas na casa. Um nó na garganta. Vamos até a cozinha. Ela me serve um copo d'água, mais enciumada que qualquer outra coisa.

— Você deveria ter falado comigo antes. Por que não falou comigo?

— Eu achei que tinha que falar primeiro com meu instrutor.

— Não faça isso com a sua vida. Olha, a gente te observa. Você tem um padrão de comportamento. Você fica bem por um período e depois cai. Aos poucos você vai mudar isso.

— Eu sou analisada? Vocês conversam sobre mim?

— Você ficou chateada comigo?

Eu poderia ter dito que talvez a grosseria dela tivesse sido uma das causas para eu sair. "Não confio mais em você. Onde está o mestre quando você finge que está mediunizando? Ele existe mesmo? E o dinheiro que você ganhou por fora com as viagens de barco? Por quanto tempo acha que vai conseguir manter as pessoas aqui com suas ameaças? Você vai continuar ameaçando as pessoas de morte? Ameaçando publicar os vídeos que fizeram das pessoas durante os trabalhos? Vai continuar ameaçando as pessoas de perderem seus empregos do Portal? Você se sente responsável pelas pessoas que tiveram surtos psicóticos durante seus rituais e nunca mais se recuperaram? Você acha certo dar ayahuasca para uma criança de dez anos? Você sabe que é crime não chamar socorro quando uma pessoa morre durante um trabalho sob a sua responsabilidade?"

Mas não foi o que aconteceu. Eu não disse nada disso. Alma me jogou umas pragas, dizendo que eu ia me arrepender, que minha vida ia desandar, que eu não era nada sem o Portal da Divina Luz. Eu apenas disse que estava decidida e saí sem olhar para trás, para nunca mais voltar.

Por anos me ressenti de ter demorado a começar a questionar. Só quando estava na faculdade percebi que existia um mundo e que eu ocupava um lugar privilegiado na cadeia social, sendo branca, descendente de europeus, com um título de baronete. Que eu sou mulher. Mas logo abdiquei novamente do pensamento e passei mais sete anos emburrecendo no Portal da Divina Luz.

Também me doeu muito perceber que eu tinha afeto verdadeiro por poucas pessoas ali. Tanto nossas relações não eram sinceras que nos afastamos sem nenhuma dor, sem sentir a menor falta, tanto eu deles como eles de mim, o que prova que algumas relações baseadas no "amar ao próximo como a si mesmo" ou no "amor incondicional" eram uma forçação de barra, porque o amor não se controla, se ama quem se ama, e não quem se deve amar. Seu amor é algo precioso, seus amigos o conquistaram. Não seria justo dar essa joia a qualquer um, de qualquer jeito. Não é possível obrigar um coração a amar. Daniela deixou de falar comigo, não quis saber o motivo da minha saída. Imagino-a brigando com seus obsessores, tentando não dar atenção às inúmeras mostras daquela farsa.

O que mais me fez falta, no início, foi a devoção, esse sentimento puro, essa confiança em algo muito superior, perfeito, amoroso e justo, a quem eu podia me entregar completamente, sem medo, sem julgamento. Deus era esse alguém ideal, o único merecedor de todo o meu ser, o único com quem eu sentia que podia ser inteira, com todas as minhas imperfeições. Eu só me entregava de verdade a esse ser idealizado, e me economizava nas minhas outras relações. Aquelas mentalizações me davam prazer, era poderoso pensar em canais de luz me atravessando e me enchendo de energia. A fé é realmente muito poderosa, para o bem ou para o mal.

E então uma ideia surgiu, e foi muito bem-vinda, e vai ficar aqui para sempre. É a ideia de que sou livre para pensar o que eu quiser. Posso pensar qualquer bosta que aparecer na minha cabeça e vou pensar muita bosta, fedida, cheia de mosquitos rodeando, uma bunda sentando nessa bosta e carimbando o chão. Vou pensar muita merda, caralho, cacete, boceta peluda, cu, sovaco suado, cu de novo, e mais caralho, caralho, caralho. Eu sou livre, minha cabeça é livre. Que alegria.

Algumas vezes fico admirada com minha incapacidade de reagir em momentos agudos. Observo a cena como se não estivesse acontecendo comigo. Felipe nervoso, ligando para a parteira, me perguntando o que aconteceu, pedindo que eu descrevesse com detalhes. Eu dizendo que tive um sangramento, que me sentei na privada e caiu uma coisa, parecida com um pedaço de carne.

— É o tampão — diz ele, repetindo o que a parteira fala ao telefone. — Você pode estar perdendo o bebê.

O carro sacudindo pelo asfalto esburacado. A gente chegando ao hospital. Eu deitada na maca.

Fui levada para fazer um ultrassom. Estava no quinto mês, a barriga já aparecendo. Como eu tinha pulado o último exame, não era possível comparar o estágio da gravidez, e por isso sou obrigada a passar a noite no hospital. A abordagem dos enfermeiros no hospital é um horror. Eu não queria tomar Buscopan. A enfermeira, em tom de ameaça, diz que eu abortaria se não tomasse o remédio. Eu respondo que meu corpo sabia melhor do que eu o que devia fazer, mesmo que estivesse expelindo o bebê.

Passo a noite com cólicas; Felipe na cama do acompanhante. Pela primeira vez, tenho o impulso materno de desejar mais a vida do bebê que a minha. Eu peço, mentalmente, que se existisse alguma coisa além, e eu estava começando a questionar isso, que me deixasse trocar de lugar e dar minha própria vida naquele momento.

No dia seguinte, deitada novamente na maca, na sala de ultrassom, o médico nos confirma que eu estava passando por um aborto espontâneo.

— O organismo faz isso na maioria dos casos de má-
-formação no desenvolvimento do embrião.

Abraço Felipe e molho o ombro de sua camisa. E debaixo daquela dor, debaixo da tristeza, a raiva de imaginar os
vampiros do Portal salivando sobre meu sangue.

Flores

Lúcio, que também estava se desligando do grupo, veio me visitar e contou que internamente os integrantes do Portal tinham entendido que o aborto era o preço que eu estava pagando pela traição da saída. *Quem eles imaginam que levou meu bebê?*, perguntei-me. *Entidades, Exu, Dionísio? Deus? Era para isso que eles rezavam? Para esses deuses sádicos? Que merda, que gente de merda, que gente podre.* Mais uma vez, sinto um alívio enorme por ter me livrado daquele lugar. Eu queria fazer como a dona Beija e enviar flores para aquelas pessoas, mas não tinha, infelizmente, esse senso de humor naquele momento.

Lúcio conta mais. Diz que, sendo responsável pela compra da ayahuasca, ele sabia que Alma mentia quanto aos aumentos de preço do garrafão.

— Os caras do Acre nunca aumentaram o preço da bebida, nunca, nos nove anos em que frequentei o Portal. E eu perguntava pra eles: "Pode dividir? Pagar em três ou quatro vezes?". "Pode", respondiam. Mas eu endossava aquele discurso, ainda não sei bem por quê. Descobrimos também que Alma ganhou setenta mil reais com a viagem de barco pela Amazônia. Botamos o cara da agência de turismo na parede, e ele confirmou. Ela pediu a ele, abertamente, essa "comissão" pelo passeio. Você não vai acreditar, mas nenhum dos dirigentes dos portaizinhos ganhava dinheiro. Alma nos dava apenas uma ajuda de custo para a gasolina e o lanche, e o resto ficava com ela. Quando pedi para sair, Alma e Helena deixaram as máscaras caírem. Elas me ameaçaram, ameaçaram minha família. Gustavo presenciou a cena. Você não acredita em como ele ficou alterado. "Sua vaca desgraçada!", gritou para Alma.

Quarto e último verbete do Portal da Divina Luz: "sua vaca desgraçada". A ilusão cultivada durante anos contida nessas três palavras.

— Eu não acredito que entreguei toda a minha vida, todas as minhas decisões — continua Lúcio. — Alma influenciava até a criação dos meus filhos. A decoração da minha casa. Permiti que se intrometesse até na minha vida sexual. Ela dizia que não era bom tocar as pessoas nem misturar as energias, que devíamos tomar cuidado com toques. Vira uma loucura, vira um absurdo. De repente, aquele líder passa a saber e ter o direito de se intrometer em todos os assuntos de todo mundo. E é especialista em todos os assuntos, inclusive. Uma vez, ela começou a discutir comigo sobre desenho, sobre as proporções do corpo. Eu sou desenhista. Eu aprendi a desenhar a minha mão olhando a minha mão. Eu disse: "Tem aquele desenho do Leonardo da Vinci, das proporções". "Tá errado", disse ela. A loucura vai longe, como ela mesma dizia. A pessoa sabe tudo sobre tudo. O que vira um truque também, né? Tem muito truque para manipular.

Eu choro, eu choro muito. É muito triste. Choro por dois motivos. Um é que não vou mais ver um monte de gente que eu amo. O outro é um motivo, assim, escroto. É um motivo... Eu não acredito que tenho esse motivo dentro de mim.

É o seguinte: 'Nossa, perdi o meu lugar. Perdi aquele lugar importante, sabe?'. Eu era fundador, era anjo. Tinha minha medalhinha, entendeu? Minha carteirinha de gente importante.

Eu olho para esse meu apego e não acredito que tenho isso. É uma coisa importante ver que você tem isso dentro de si. Você pensa que porque ajudou alguém que estava passando mal é mais evoluído que aquela pessoa, que está alguns passos mais adiante, mais perto de Deus. E isso é uma puta armadilha, uma puta mentira.

Mas o pior, e eu me arrependo muito, é que minha filha ainda está lá. Ela não viu nada disso acontecer. Tem só vinte e dois anos e não acredita em mim. Agora, Alma a trata com uma delicadeza... Mudou totalmente a estratégia. Ela sabe que me atinge. Eu coloquei minha filha nessa roubada. Eu só quero minha filha de volta.

Palmas

O mais difícil, na verdade, é lidar com a morte. Não me arrependo de ter levado minha mãe ao Portal. Sua morte foi linda; havia muito tempo que eu não via minha mãe tão tranquila, tão em paz. Prefiro essa morte a ter que assistir seu corpo amarelando com a insuficiência hepática, minha mãe numa cama de hospital e nós ali, assistindo à sua morte.

Pela primeira vez, senti medo da morte e a dor de encarar o fato de que nunca mais veria minha mãe. Também comecei a pensar na hipótese de Deus não existir. Alguma coisa muito interna na minha identidade ruiu. Houve um abalo profundo. O lugar que minha mãe ocupava dentro de mim se desintegrou. E eu nunca mais vou vê-la. Não vou encontrá-la em outro plano, não vou mais ouvir suas histórias, ela não vai olhar por mim do céu. Não adianta comer pão sem miolo com manteiga e uma xícara de café puro todas as manhãs para me sentir mais perto dela. Minha mãe vai viver na nossa memória, enquanto eu, minha irmã, meu pai, minha tia e outros parentes contarmos as suas histórias, e depois ela vai desaparecer de vez. Assim como eu. Assim como você.

Sete anos depois de sair do Portal da Divina Luz, encontrei-me com Edna, a dos olhos enormes, a primeira integrante do Portal, a pessoa que viu tudo ser erguido e tudo ruir. Edna entrou numa depressão profunda quando tudo acabou, quando as máscaras caíram. Passou dois anos sem conseguir sair de casa. Depois que todos souberam do ritual de maldição, em que Alma enterrou o nome de vários amigos, trezentos e cinquenta integrados do Portal a abandonaram ao mesmo tempo. Uma cena dantesca, como diria Edna. Alma, em sua última jogada furiosa, teria gritado: "E quem quiser ficar ao meu lado, fique, e quem quiser ir embora, que vá". Um a um, todos saíram. Sobraram apenas uns poucos, que não iam ao Portal, não tinham visto as cenas com os próprios olhos, não acreditaram, ou não quiseram acreditar, que Alma era apenas uma senhora perdida tentando pagar as próprias contas. Edna ainda não conseguia ir até o quintal da própria casa.

— Foi um caminho longo. Foram vinte anos. Eu me dediquei quase exclusivamente a isso. Coisa que eu não deveria ter feito, que não aconselho ninguém a fazer. Antes de acabar tudo, meu telefone tocava de cinco em cinco minutos. Minha caixa de e-mails tinha vinte, trinta e-mails novos por dia. Consultas. Quantas consultas eu tinha? Era coisa de pelo menos três por semana. Agora, esse silêncio. Cadê que ninguém liga aqui?

A ayahuasca é fantástica. Porque ela não deixa você mentir. A grande maioria vai por carência, fragilidade, medo, fraqueza, porque precisa encontrar alguém que lhe dê uma resposta, que segure a sua onda, que seja uma fortaleza.

A maioria não quer saber o que você tem pra falar. A maioria quer sua atenção, quer ser ouvida.

Alma era fria, amoral e desumana. Sem afeto nenhum. Porque se você tem afeto, você não faz o que a gente fez. Se você tem tudo isso, você não chega aonde a gente chegou.

Se fossem só as carências, estava bom. As pessoas vêm com as carências e os bichos. E os demônios e os medos e os pavores e os terrores e as sombras. As pessoas te engolem. Muitas das coisas aconteceram porque as pessoas transformaram Alma em Deus. E ela não aguentou. O perigo não é não controlar a massa, o perigo é quando a massa controla você. Imagina sentir aquela energia toda, todo mundo olhando pra você, esperando ver o mestre. Você está ferrado.

Não digo desumana no sentido de perversidade, mas desumana nesse sentido, de sermos pobres pecadores. Você não pode ser mãe de todo mundo. A babá de todo mundo. E também não pode ser o bode expiatório do Cristo crucificado. Cordeiro de Deus. O Cordeiro de Deus foi crucificado. Entendeu? Não conseguiu salvar a humanidade. Porque senão estaríamos salvos. Isso que ninguém entende. Não estamos salvos.

E chegou uma época em que o Portal era uma peça de teatro. As festas, de fato, não tem como não falar, eram um grande evento, um espetáculo pra turista ver. Mas os trabalhos começaram a se transformar em teatro. Tinha a marcação, tinha a coreografia, tinha a roupa, tinha o momento certo de tocar o berrante. Tinha que abaixar o berrante, movimentar o berrante, virar pra direita, virar pra esquerda, e roda assim, e roda assado, agora senta. E ninguém percebeu

SEITA 225

isso. Eu olhava e falava: 'Mas fulana é diretora de teatro, o outro é artista, o outro é ator. Será que não percebem?'.

Mas, coitados, nas artes, a gente tem que levar em consideração... Porque artista... Alma sempre falou que ela preferia trabalhar com artista porque é mais fácil, né? Você sabe por quê?

— Não.

— Porque artista é facinho. É muito facinho. Você faz qualquer coisa, e a pessoa já está rebolando. Você aponta o dedo, e ela já está caindo. Artista entra em qualquer cenário. Incorpora qualquer personagem. Você bate palmas, nem precisa muito, só umas palminhas. É horrível. É horrível. "Eu prefiro trabalhar com artista que com louco, com pobre." Alma sempre falou isso. Trabalhar com artista, porque artista é criativo, ele "despersonifica" e personifica outra coisa. É muito fácil de conduzir.

— E qual é o papel da Helena nessa história?

— Catalisador de lixo. Só vai catalisando as tralhas. E Helena nem está mais no corpo. Helena já tem essa tendência de ir catalisando toda a tralha, não deixa nada sair, não deixa nada entrar. É como se fosse uma âncora. Agora, ali foi uma entrega irrestrita, absoluta, fanática. Deslumbrada. Uma marionete. No começo, ela reagia melhor. A gente quebrava uns paus de vez em quando. Depois foi ficando pior. Eu ainda gosto muito da Helena, ela gosta de mim também. A gente passou por poucas e boas com Alma. Mas, no começo, ela não era assim. Helena brigava, falava, estourava. Ela era mais natural, mas foi ficando plastificada, e chegou uma hora que eu não a reconhecia mais. Eu até achava que era normal, porque geralmente atores, atrizes têm isso, né? Você faz um personagem, que não é você, até pra se proteger mesmo do público, né? E a pessoa é consciente de que faz isso, não é que ela não saiba, ela sabe. Mas ela sabe a hora de sair. Durante um tempo, eu achei que era isso, mas vi que não era, não tinha mais medida, não tinha mais parâmetro. E ela sabia que eu sabia. Helena sempre me respeitou. Ela tinha certo medo de mim. Mas ela parou. Não tinha mais reação. Foi, assim, uma entrega total. Ou você está ou você não está. Você se entrega cem por cento ou não se entrega. Ela fez a opção dela. E deve ter sido bom pra ela.

Eu estou esperando os sinais. Sinceramente, enquanto Alma estiver por aí, vai ser difícil. Porque nós ainda estamos ligados. Não tem como desligar, não tem como desfazer essa rede. Tem como vibrar, mandar uma vibração diferente, mas desfazer a rede eu acho muito difícil. Você está ligada nela, não tem como. Não é que você esteja presa, mas está ligada. O que você vai fazer com isso é problema seu.

Outro dia, passei com minha filha de cinco anos, Beatriz, na frente de uma igreja, e ela me perguntou o que era a cruz. Como explicar para uma menina que um homem foi pregado numa cruz e que boa parte da população acredita que é importante lembrar que ele morreu dessa maneira para nos salvar e que, para não nos esquecermos, ostenta essa violência? O taxista percebeu meu desconcerto e me socorreu, dizendo que era um símbolo. "Assim como aquele pão desenhado, está vendo? Aquele pão é o símbolo daquela padaria, assim como essa cruz é o símbolo dessa igreja." Em seguida, Bia me perguntou o que era rezar. *Começaram as perguntas difíceis. Será que estou preparada?*, pensei. Disse a ela que rezar era algo que algumas pessoas faziam, pedindo coisas que elas desejavam muito a seres invisíveis.

— Eu e seu pai não acreditamos nisso, mas muita gente acredita. Sua tia, por exemplo, reza sempre.

— Mamãe, você reza todas as noites para não ter que me pôr pra dormir? — perguntou minha pequena Bia, já rindo comigo e o taxista.

O Portal da Divina Luz continua existindo. Em algum lugar do interior de São Paulo, Alma e Helena seguem fazendo rituais, aproveitando-se da ingenuidade alheia, enterrando nomes de gente que elas odeiam. Talvez o meu nome esteja entre eles. Eu me reaproximei de Daniela e outros amigos queridos. Nós nos perguntamos se Alma e Helena se perderam na ambição do caminho espiritual ou se foram charlatãs desde o início. Será que estão felizes? Será que se arrependem? Será que fariam tudo diferente se pudessem voltar atrás? Alma deve estar com seus setenta e sete anos. Será que o Portal resistirá quando ela se for?

Aos poucos, vou atentando para as tralhas que o Portal deixou dentro de mim. Aproximo-me de pessoas com quem o contato antes era inimaginável, aceito trabalhos por puro prazer, espetáculos que não fazem o menor sentido e não vão salvar ninguém. Tenho tempo para pensar e para trabalhar, consigo me dedicar ao teatro, dar vazão à minha imaginação sem amarras, e tenho pena do dinheiro que meus amigos gastam com cartomantes e afins.

Abandonar a fé em Deus e no mundo espiritual não me deixou mais feliz. Pelo contrário. É triste assistir às injustiças do mundo sem acreditar que os canalhas terão seu castigo depois da morte. Não terão. Quem está se ferrando nas periferias da sociedade não terá seu lugar ao lado de Deus. Quando tenho dificuldades, sou obrigada a me virar, peço ajuda a amigos e familiares. Essa é a grande sorte: poder contar com pessoas de verdade.

Não denunciei o Portal. Nunca liguei para o amigo de minha irmã. Também nunca denunciei o tal xamã que tentou fazer sexo anal comigo como forma de tratamento. Por que eu não entrego esse cara? Comigo ele não conseguiu o que queria, mas será que conseguiu com outras mulheres? Se eu entregar esse cara, ele vai ser preso? Se for preso por tentativa de abuso sexual, o que vai acontecer a ele na cadeia? Será estuprado? Será morto? E essa pena é justa pra essa pessoa? Quanto ao Portal, eu serei a pessoa que vai detonar essa bomba?

Não sou contra o uso da ayahuasca. Sou a favor da liberação e da legalização de algumas drogas, do cultivo ao comércio. Sei que esse processo é longo e complexo, que é necessário enfrentar o tráfico, regulamentar o uso. Assim como o álcool, alucinógenos e outros entorpecentes têm que ser regulados, restringidos.

Felipe e eu nos separamos mesmo depois de tentar a cura do coco. Fomos instruídos por uma terapeuta a comprar um coco e colocá-lo debaixo do colchão. De certo modo, funcionou. Demos boas risadas do ridículo da situação e, assim que nos sentimos fortes o suficiente, seguimos nossos caminhos sozinhos.

Meu pai prepara uma viagem ao redor do mundo num veleiro. Juliana, minha irmã, está indo morar no Canadá, com o marido e o filho de dois anos. Cadu, o assassino do cartunista Glauco, foi morto dentro de um presídio, onde cumpria pena pela morte de outras duas pessoas.

Eu continuo tentando organizar minha história, na busca por alguma coisa que me dê sentido. Retorno mais uma vez à Virginia Woolf e ao seu *Orlando*: "Não existe maior paixão no peito humano que a vontade de impor aos outros a própria crença". Talvez tudo se resuma à paixão pela supremacia, por esse impulso humano primordial de superioridade.

DEZEMBRO DE 1986, rodovia dos Bandeirantes, quilômetro noventa e oito. Havia sempre uma disputa para sentar junto à janela direita do carro, de onde dava para ver melhor o castelo na estrada. Agora que já estávamos maiores, não podíamos mais viajar deitadas no porta-malas da Caravan marrom do meu pai. A trilha sonora das viagens de uma hora e meia para Sorocaba era invariavelmente Nat King Cole.

Siempre que te pregunto
Que, cuándo, cómo y donde
Tú siempre me respondes
Quizás, Quizás, Quizás

A volta era sempre melancólica: futebol na rádio Jovem Pan, deixar os primos, os dezenove primos, as bicicletas, o pé de jabuticaba, os pés de morangos. As madrugadas acordados, escondidos, esperando minha avó colocar os presentes de Natal, depois que contei para todo mundo, não sem causar alguns traumas, que Papai Noel não existe. Minha irmã mais nova ouve sertanejos no *discman*. Penso no que minha mãe me disse quando tio Antônio, doente, descan-

SEITA 231

sou na minha cama e acordou se sentindo bem como nunca. Ela disse que eu tinha alguma coisa especial, que muitas pessoas percebiam e diziam isso a ela. Eu sou especial. Olho pela janela com meus olhos de oito anos de idade. Fazendas, plantações de cana, umas poucas vacas, plantações de eucaliptos, postes, fios de luz, a caneta Bic gigante, um castelo, a marca de uma empresa cujo nome não lembro mais, que a gente dizia que parecia uma gelatina amarela gigante. Às vezes, a fumaça de uma queimada entra no carro. Penso que estamos rodeados de seres invisíveis aos nossos olhos. Assim como os cachorros só enxergam em preto e branco, a gente também não consegue ver os anjos e outras criaturas à nossa volta. Olho atentamente a paisagem lá fora. Procuro um erro na realidade. Acredito que a vida é um filme gravado apenas para mim, que todas as pessoas ao meu redor são coadjuvantes ou figurantes da minha história. E que a imagem muito bem feita passando diante da janela do carro deve ter alguma falha. Procuro o defeito na imagem. Postes, grama, cana, céu azul, nuvens brancas de desenho animado. E encontro.

Lista de músicas

Página 27 "Breathe", Keith Flint, Liam Howlett, Maxim; Maverick, 1997.

Página 31 "Chão de giz", Zé Ramalho; BMG, 1996 "Mundo da lua", SNJ; independente, 1997.

Página 33 "Bom senso", Tim Maia; Trama, 1975.

Página 47 "Oração ao tempo", Caetano Veloso; Polygram/ Philips, 1979.

Página 125 "Something", George Harrison; Apple, 1969.

Página 219 "Quizás, Quizás, Quizás", Osvaldo Farrés; Sourthern Music Publishing, 1947.

Agradecimentos

Eu gostaria de agradecer às pessoas que fizeram esse livro possível. A meu pai, Paulo Augusto Ribeiro Porto, pelo apoio, sempre, e por me dizer um dia que eu ainda me daria mal com tanta distração. A Maria Pérside Picarelli (*in memorian*), pela sorte de tê-la por perto por tantos anos. A Diogo Granato por emprestar suas histórias a ex-namorados da personagem (sei que não foi fácil). A Roberto Taddei, pela amizade, atenção e carinho com uma estreante ansiosa.

A todos que não quiseram ser identificados, que dividiram suas experiências comigo, muito obrigada.

Este livro foi composto em Minion Pro
e impresso em papel pólen bold 90 g/m²,
em julho de 2023.